孙翠翠◎著

最后的龙爪沟

时代文艺出版社

图书在版编目（CIP）数据

最后的龙爪沟 / 孙翠翠著. —长春：时代文艺出版社，2018.8（2021.5重印）

ISBN 978-7-5387-5801-6

Ⅰ. ①最…　Ⅱ. ①孙…　Ⅲ. ①报告文学—中国—当代　Ⅳ. ①I25

中国版本图书馆CIP数据核字（2018）第073515号

出 品 人　陈　琛
责任编辑　刘瑀婷
装帧设计　孙　利
排版制作　毛倩雯

最后的龙爪沟

孙翠翠 著

出版发行 / 时代文艺出版社

地址 / 长春市福祉大路5788号　龙腾国际大厦A座15层　邮编 / 130118

总编办 / 0431-81629751　发行部 / 0431-81629755

官方微博 / weibo.com / tlapress　天猫旗舰店 / sdwycbsgf.tmall.com

印刷 / 保定市铭泰达印刷有限公司

开本 / 640mm×910mm　1 / 16　字数 / 160千字　印张 / 15.75

版次 / 2018年8月第1版　印次 / 2021年5月第2次印刷　定价 / 49.80元

图书如有印装错误　请寄回印厂调换

现实生动的农民命运书写

——序报告文学《最后的龙爪沟》

李炳银

中国报告文学学会常务副会长
中国作家协会研究员、文学评论家

　　孙翠翠的这篇报告文学，真实关注和动情书写的虽然是中国东北一个偏僻地方龙爪沟的历史和现状，是这里生长和生活的人们的现实人生故事，但是，在中国这样一个很多年社会政治管理体制非常相似的环境，其实也是中国边远乡村社会农民人生命运的一种十分真实形象的文学表达，具有相当真实普遍的历史保存和现实认识价值。在中国的社会环境和很多人生活命运激烈改变的时候，真实地记录和捕捉这其中丰富剧烈的改变情景，书写人们在精神情感和生活经历过程中的各种际遇表现，是文学走向社会人心内里，感受社会生活的重要使命。作为以密切关注社会现实转机内容为重要特性的报告文学，孙翠翠的《最后的龙爪沟》，具有分明的社会历史书写和现实文学表达价值。

龙爪沟曾经是一些人们赖以生存生活，由种植人参逐步发展起来的地方。这里偏僻、贫穷，可这里却是孙吉业、孙振全、张景林等百十户人家多年落地生根的地方。他们在这里耕耘劳作、艰难度日、繁衍生息，在这里经历社会的风雨，在这里铺展和寻求自己的人生。《最后的龙爪沟》就是围绕这里人们的过去、现在和未来展开的真实记述，非常具体，非常深入生动，在抵达人们的心灵情感和日常生活实际中完成了自己个性的书写和观察思考。作家在一个点上深入铺展，在一个个活生生的人物的日常生活中观察体会，使龙爪沟这个小地方，富有中国农村农民经历和命运曲折改变的典型性及重要的实证作用。

在传统的农业中国，"土地是农民最基本的保障，是农民最后的精神栖息地"。此前很长时间里，国家是依靠农民来供养和维持运转的。所以，农民被用各种政策和手段"囚困"在土地上，为国家生产粮食和其它物资，没有流动的自由。多少年来，农民是生活在社会最底层的人群。他们对国家，只有服从、劳动、付出，却很少得到来自国家方面的更多的关爱和扶持。龙爪沟的人们，忍受饥寒交迫的辛劳，却只能得到很少的收入，除过交公，所剩极少。他们住破烂的泥草房屋，忍饥挨饿，生活拮据，青年男女结婚也只能住在大通铺的土炕上。李廷梅的父亲，因为贫穷和偏僻，水痘没有出来，人硬是被憋死了；妹妹因为饥饿，吃了太多的树皮粉，无法大便竟活活地折磨死了；老蒯的丈夫老吴，因为没有粮票和钱进城看病，回到家没有几天就死了；成子是个聪慧的孩子，自小期望努力学习离开农村，考进清华大学，可是因为自己的农村经历、身份和贫穷，在高二时，学习尽管优秀，可却忍受不了物质和精神的压力最后因喝酒脑出血突然就死了；孙振利和他的母亲，即使强忍艰辛，后来却因为交不起学费而弃学……这些人生命运损伤故事，都非常的震撼人心。作品事实再现的这许多内容，让人真切地感受到土地是如此冷酷地拘围了龙爪沟的人们，强劲地左右着人们的命运。龙爪沟的人们也迫切地期望走出去，到城市里去讨生活，为此，他们几乎不顾一切，求学、打工，目标就是到城市里生活。进了城，用李明红的话说："无论他们遇到什么困难，哪怕撕裂了血肉，也必须在城里坚持下去。"

可是，当这样的条件和机会伴随着国家社会政策环境的改变到来的时候，人们却感到自己进城的道路是多么地艰难。虽然有人求学成功成了教授，有像李明红这样进城打工而接近成功的人，但更多的人却总因为各种不同的原因而倍感苦恼和忧伤。张景林夫妇进城谋生，虽然挣钱似乎较乡下容易，可城市的莫名鬼道和对于他们尊严的蔑视却让他们无法接受，宁愿再回到农村过艰难平静的生活，也不愿"成为城市人的'玩物'"；李廷梅怀着激情到城市打工，可一片好心却被骗子给击碎了；大于两口子进城到女儿家生活，感受到城市人相互交流和沟通的艰难及生活习惯的不适应（一周竟然不能排便）……这些艰困情景，使龙爪沟的人们对前途命运的选择有了困惑。"继续种地，还是拿钱离开？他们迷茫，心里有一种隐隐的恐惧"。然而，即使要面对很多的艰难和痛苦，除了像老辈的张景林、孙振全、大于等还在坚持外，年轻一代的龙爪沟人，似乎就剩下像柱子这样的有点儿歪邪的人们了。李明红在城里的家内发生了冲突和不快，想回到龙爪沟倾诉释放和寻找解脱，但当她回到老家时，却"彻底失望了。当年的旧友，一半以上都走了，有威信的老人没的没、老的老，龙爪沟已经不再是李明红心里的龙爪沟"。在农村和城市生活的严重纠结中，龙爪沟在面对着从未有过的艰难抉择！开发商正怀着虎狼一般的心思在窥视着龙爪沟这块土地！

孙翠翠在《最后的龙爪沟》里，用真实鲜活的人物故事，曲折纷繁的人生命运改变情形书写这些内容，使我们历史和现实地接触感受到了，在现今的中国，偏远地方的农村、农民和农业的存在状态，发现了作为农民身份的人们，在农村和城市之间，在土地和命运之间表现出的深层纠结及无奈情景。这些真实的人物命运故事，使孙翠翠这个生长并走出龙爪沟的女子、多年深入农村的年轻记者，对农民与土地、农村与城市、农业与发展的观察思考个性而深入。农村日益衰败和空寂，城市充满了诱惑，可农民进城却似乎要面临许多的困惑与痛苦。作家在忠实于事实的现象上理解和生发，写下的很多词语引人深思。像"土地是农民最基本的保障，是农民最后的精神栖息地。农民一旦失去了这最基本的保障，最终会怎样呢"、你即使甘愿忍受艰辛到城市打工，可是"想要顺顺利利地在城市生活，你必须拥有三个要素：身份、单位、关系。这三个要素，是一颗种子在城里发芽的土壤。如果你没有身份、又没有单位、再没有关系，你就永远是一个漂泊者，一棵扎不了根的种子，要么在这个世界的某个角落腐烂，要么成为别人的食物""城里没有土地的，就算是他把全部的身都长满了小绿芽，也无法在这坚硬的水泥地上扎下根，更无法长成一棵树""她在城里生活得不开心。城市，像一碗水，而她大霞，无论多努力，都只是碗里的一滴浮油，永远永远也无法消融在这碗水里""农民的脸面，都长在那块土地上，离开了土地，哪里还有什么脸面可言"、人们努力设法走进城市，可人们却总在"等一个机会，能把满山的树变成钱的机会"。这些出自观察感受的理性见识，很突出个性地显示了作者孙翠翠作品的深刻洞察力量，也将这部作品推向了同类题材文学作品的新高度。

《最后的龙爪沟》是作者孙翠翠满怀真情，饱含泪水与长期深入观察思考的一种文学表达，充溢着现实的悲悯和关爱，流露出真诚负责的社会使命担当精神。作品如同生长于深厚土地上的大树，具有坚实的社会人生基础和生活滋养，在每一个人、每一件事上都显示出生机和蕴含力量。即使像对多年被人们几乎流于笑谈的"老蒯"的传奇人生故事，其实也都包含着很多的风霜内容。作家在一个山村，在几户人家的历史现实经历改变情形上着眼落墨，几乎接近生活原本面貌的朴素呈现，但却能够有对整个中国农村、农民和农业的侧影表达。这是典型深入选择思考的功夫所在，是以小见大的文学表现的特点效果表现。

　　作品似乎很少见出人为的文学技巧经营结构痕迹，但生活本身的鲜活曲折和丰富性，生动形象地补救了这样的欠缺，使读者在自然地陷入人们生活情景的过程中已经不再提出更多的文学技巧要求。自然，这只是孙翠翠文学道路的开始，可是因为她对文学的真诚态度和方向规律的理解，使她出手不凡，让人们对她有更进一步的期待。《最后的龙爪沟》的出现，无疑是对现实的报告文学创作的一个丰富，它在个性表达和认识思考深度上，也是对如今依然存在的农村、农民和农业发展方向格局的一种理性观察，具有很好的价值及参考作用。自然，它对于各地许多依然处于焦虑、困惑和无奈状态的农民，更是一种真诚和形象事实的提示警策。

2018年3月31日　于北京

目　录

引　子

　　一条长长的、曲折的小路，在大山、溪水间蜿蜒伸展。如同岁月的藤蔓，爬向无尽的远方。龙爪沟仅存的十几处房屋，在大地上零星散落，就像注定要在那条藤蔓上枯萎或凋零的瓜果，看上去有几分孤零，也有几分萧素。

　　我不敢相信，那就是我记忆里的家。一切都是破破烂烂的，小时候气派的感觉，完全不见了。原本的大铁门没了踪影，院子里水泥做的鸡窝、狗窝已经破败得不成样子。屋子里的格局也变了，当年干干净净的白色地砖已经不流行，新主人把它换成了地炕，以便使屋子在冬天里更暖和一些。

　　两个孩子在炕上来回跑着，我进屋时，他们一下子停了下来，愣愣地看着我。

小姐姐牵起弟弟的手，大眼睛忽闪忽闪，好像在对弟弟说："别怕，有姐姐呢！"

二十年前，我也总是这样牵起弟弟的手。

于是，我蹲下身，说："来，让阿姨抱抱。"小姐姐很听话地跑了过来。

当我把那个瘦弱的小姑娘满满地搂进怀里，眼泪突然就流了下来，我仿佛抱住了自己的童年。

我那些遗失多年的记忆，就在这一瞬间全都回来了。

它依然是我梦牵魂绕的故乡啊！

第一部

被资本觊觎的土地

房地产商于长龙最看中的，就是龙爪沟独特的环境和气候。不用论证，仅凭多年的经验和直感，他也能断定，这里正是他事业"转型"之后理想的发展基地。但为了造势和争取政府的支持，他还是带着一个比较张扬的专家、助手队伍"开进"龙爪沟，协商集体流转土地的事儿。而经过一番炒作之后，于长龙果然就作为新兴资本的代表受到了政府和媒体的关注。我也是跟着这支"队伍"，回到了阔别二十多年的出生地。

　　早年，龙爪沟与山外相连通的，只有一条狭窄的土路，来来往往的农民赶着马车，在泥土上压出一道道车辙；如今，土路变成了水泥路，从前那些一个接一个的陡坡，看起来也平缓了许多。路，依旧是弯弯曲曲，在众山之间延伸。风，依旧是那么清新，夹带着温润的水气和山野的味道。

　　在于长龙看来，这里真是太好了，难得的清静，到处是鸟叫虫鸣，即使在马路边最不起眼的一个小小的水湾里，也能看到鱼儿们在游动。

这些山坡，要种上大片大片的蓝莓、大片大片的中草药；山脚下、流水边要建一个疗养院；这半山腰再建一个度假山庄，修一条窄窄的栈道，直通大山深处……于长龙有些兴奋，他要在大自然的心脏里，建造一个"人间天堂"，到那时，成批成批的有钱人，就会争相来到这里度假、养老……过不了多久，他就要成为这片土地上的王了。他甚至已经给他的王国想好了一个较为流行的名字——禅墅。

于长龙也是农民出身，因为和继母不和，十二岁从黑龙江虎林离家出走，到外地打工。他下过煤窑、扛过麻袋、擦过皮鞋、在练歌房救过被羞辱的陪唱小姐、打群架时给对手下过跪。据他自己讲，他的第一桶金就是成立锅炉维修队的时候"淘"来的。当年，他在大连组织了一帮小兄弟专门为各单位修锅炉，他们把一个价值四十五元的金属件卸下来，再给换上一个"新件"，把旧件回家洗一洗，又成了一个"新件"，再给下一个单位换上。一个零件，来回一倒腾，至少也能赚上一百元左右。于长龙在大连赚了钱，带着一帮兄弟，去上海投奔了另一个"大哥"。

当年，他就凭着腰挎一款砖头一样大小的"大哥大"和城里满地黄金的梦想，把家乡的男男女女一批一批地带进城市。从开洗浴、"打擦边球"，到摇身一变成为房地产开发商，于长龙用了足足二十年。房地产走下坡路时，于长龙见势不妙，毅然转身，集中力量投资农业。

对于于长龙来说，农村，是最后一块廉价又肥美的大蛋糕，一定要早早下手。他第一次踏入龙爪沟的沟口，就被那扑面而来的美景击中，如同单身多年的泥腿子，醉酒后见到了心仪的姑娘，也如同饿了三天肚子的壮汉见到了肉。他出乎自己意料地感觉到，有一种液体正从口腔的四面集中，涌向嘴角，若不刻意控制，随时都会流出来。但于长龙的表情却是平淡的、心不在焉的，甚至是不屑一顾的。多年经商的经验告诉他，此时，必须藏得住意图，按捺住情绪，一旦在农民面前表现出兴奋或者兴趣，接下来的谈判他就处于劣势了。

这世上，但凡和金钱沾上边的事物、事情，都必将是一场场血淋淋的博弈，但对付几个山沟子里的农民，于长龙自己觉得，还是有办法的，只需略施小计。

从农民堆里爬出来的于长龙，最了解这些曾经的同类，用他自己的话说："不用剥皮，都能看到他们的瓤儿。"

农民有老主意、认死理儿，他们认准的事，十头牛也拉不回来。但有时，他们也最没主意，看别人干什么，想都不想，就蜂拥而起，跟风相随。有时候，他们无比软弱，软弱到被欺凌都不敢反抗；有时候，他们又极其顽强，顽强到奋不顾身，以命相抵；有时候，他们是那样贪婪和不守信用，为了一点儿蝇头小利不惜用自己最宝贵的东西交换；而有的时候，他们又会变得那么听话和甘于奉献，哪怕是把自己的肉身和灵魂和盘托出。

二十年的商海挣扎，于长龙看上去已经完全脱离了农民的行列，穿着、举止、谈吐，就连他一个人独处时的眼神，也和这素朴的大地毫无关系了。他已经是一个纯粹的商人了，土地在他的眼里，已经不再是赖以生存的命根子，也不再是生命的另一种体现。土地，仅仅是一种生产资料，一种越来越稀缺并且能生出金子的生产资料。

于长龙半生最得意和最擅长的，就是拿捏别人的弱点。但他的精明，也不仅来自于对某些具体事物的定性评估，往往更来自于定量的分析。对小小的龙爪沟，他已经事先派人把底细摸得清清楚楚。

这个隶属于吉林省通化县光华镇东升村的自然屯，最繁盛的时期曾有过一百多户居民。后来，却无声无息地进入了不可逆转的衰败——有能力进城的，都通过上学或是打工的方式陆陆续续离开了；仅剩的十九户居民里，刘丙寻、刘绍堂、段永利三家的儿女都有了出息，他们要到城里去养老，正急着卖房子；其余的十六户，其中五户人家已经失去了劳动力，五十岁左右的有八户，三十岁左右的有三户。

于长龙仔细分析了这些人：五户失去劳动力的老人，这些年土地都是由邻居帮忙种着，秋天收的粮食，多数给了帮忙种地的人，老人只留够一年的吃食就行了。这些人的土地最好流转。最不容易流转的户，就是那些有"老主意"的农民，比如张景林、孙振全、大于、柱子。大于和柱子识字不多，对城镇充满恐惧；张景林和孙振全都在年轻时进过城，因为在城里生存艰难，回来以后，就打算老死在这块土地上。这几个人，死守着自己那点儿地，绝不撒手，之前龙爪沟有好几次集体流转土地的好机会，都因为这几个人而流产了。其他那些相对软弱、没主见的农民，都是随风倒，只要拿下了这几户，龙爪沟的事儿就算成了。

然而，谈判一开始，就大大出乎于长龙的意料。于长龙本打算以坡地产量低、不容易实现机械化和交通运输不发达等理由，压低龙爪沟土地价格，可这话刚说到一半儿，还没等谈具体价格，事儿就谈"崩"了。谁也没有想到，这块曾让人千方百计想要逃离的土地，竟然像命一样被看重，几户村民突然态度鲜明地死守起"给多少钱也不卖"的执念。那些一度被于长龙认为没主见、随风倒的农民，在土地的问题上，显得格外坚定，就连失去劳动能力的五户老人，也要坚决护住手里那点儿可怜的土地。

　　年纪最大的老郑，竟然在谈判没结束的时候，就站起来大骂。他拄着拐，颤巍巍一副以命相搏的样子，让于长龙似乎看到了自己已故的父亲。想当年，于长龙要卖了家里的土地，接父亲进城时，年迈的父亲也是以这样的姿态，这样的气势，站在当院大骂了半晌。就在父亲咽下最后一口气时，还留下了"旨意"："不火化，就埋在东山下的苞米地头。"

　　于长龙确确实实低估了农民对土地的依赖，他不禁暗暗地问自己，是本来就不够了解农民吗？还是离开农村太久了，忘记了什么？

　　谈判队伍悻悻而归，但于长龙还是没有死心。土地规模经营、集约经营是大趋势啊！

　　早在中国刚刚实行联产承包制的时候，1990年3月3日，邓小平就在讲话中指出："中国社会主义农业的改革与发展，从长远的观点看，要有两个飞跃。第一个飞跃，是废除人民公社，实行家庭联产承包为主的责任制。这是一个很大的前进，要长期坚持

七十多岁的老郑，硬朗而倔强地过了一辈子，七个女儿早早出嫁离开了龙爪沟，他和老伴决定留下来。

女儿们给他在城里买了房子，老俩口宁可让新房空着，也不离开这一片土地。有人说，老郑真可怜，生了一堆丫头，所以老无所依。其实，他们并不懂老郑，老郑想着，只要孩子们都好好的，龙爪沟就是他的人间天堂。

大地上的每一棵植物，都是人类在世间的倒影。老郑，就是长在龙爪沟的一株生命力极强的杂草。从泥土里站起来，在泥土里劳作，不择地方，不择人生，直到把脊梁累弯，直到水瘦山寒黄叶落尽，直到有一天，这庞大而又弱小的身躯轰然倒地，重归泥土。

对于老郑，这是一种圆满。

不变。第二个飞跃，是适应科学种田和生产社会化的需要，发展适度规模经营，发展集体经济。这是又一个很大的前进，当然这是一个很长的过程。"1992年7月，邓小平在审阅党的十四大报告稿时，又一次重申了这个意思："要提高机械化程度，利用科学技术发展成果，一家一户是做不到的。特别是高科技成果的应用，有的要超过村的界线，甚至超过区的界线。仅靠双手劳动，仅是一家一户的耕作，不向集体化集约化经济发展，农业现代化的实现是不可能的。这个过程可能会很长，但不论如何，最终必然要走这条路。"

现在，时机到了，电视上几乎每天都能看到各种资本进入农村激活沉睡土地的新闻，于长龙早就嗅到这里的味道了。时代变了，社会发展了，一家一户的小农经济，让土地破碎、低效，既不容易实现机械化，又无法降低生产成本，它已经阻碍了中国的城镇化、现代化进程。

2016年，大苞米已经没有国家保护收购价了，它完全被推向了市场，价格一降再降，种苞米的农民辛苦了一年，却没能在土地上获得利润，若不是国家还给那么一点儿补贴，他们种了一年的地，有时是要赔钱的。很多地区土地所有权、承包权、经营权的三权分置已经完成，拿到"新证"的农民把土地经营权流转出去，然后安心地进城打工了。听说，与通化隔山相望的延边州，土地改革的经验被《农民日报》等媒体以"新农村改革样式"大肆宣传之后，延边州的相关领导在全国农村改革经验座谈会上做了汇报，以土地经营权作为抵押物的"农地贷款"，仅一年，就贷出了十个亿，为了促进"农地贷"的运行，政府还对"农地贷"进行了贴息。

当然，金融资本的最终目的是逐利，和普通农民相比，金融资本的天平永远都是向于长龙这样的人倾斜的，金融机构并不愿意贷款给那些只拥有零散小块土地的农民，风险大，手续又麻烦。在这种大环境和大趋势下，各种各样的资本正在向农村奔涌。

种种信息无一不透露着一种暗示：这些世世代代如野草般散落在土地上的农民，终将要被某种强大且不可逆转的力量，赶离这片土地。未来，这大片大片的土地将迎来它新的更加强大的主宰者！

仅凭这十几户农民的手臂，能挡得住时代的洪流吗？

于长龙并没有真正离开。他在离龙爪沟只有几公里的光华镇悄悄留下了一个得力的"手下"，继续寻找着新的机会，如同一只不停转动着头颅的秃鹫，坚定地蹲守在一个制高点上，筹谋着、等待着……

1

七月里，龙爪沟的农民将一筐筐山货送往镇上换钱的时候，我的表姐夫——我二舅家的大姑爷张景林正忙着建设家园。他要在门前盖一个五米宽、亮堂堂的阳光棚。

张景林干活儿太细致了，和他一起干活儿的人都认为他对自

我与大姐夫张景林已经分别二十多年了。如今五十多岁的他，好像一点儿也没变老，还是当年的样子，爱吃巧克力，不喝酒，干活儿的时候要听音乐。有事儿没事儿就在他那块土地上搞些小发明小研究。每个月的那几天，给大姐熬红糖姜水，帮大姐洗衣服，有时，也给她洗长头发。

　　如果你觉得他是个彻底的暖男，也不完全正确，当年，他也是打过流氓、斗过地痞的。只是，他的暴脾气从来不用在家里。

己和对别人的要求过于苛刻。就在这种人心都快散了的时候，他仍然不会在活计上有一丁点儿的含糊。只因为砌砖的角度有些问题，他就和来帮忙的孙振举发生了一些小争执。

孙振举说："现在沟里的人只出不进，用不上十年，人就得全走光。这几年，多少人都眼巴巴地望着这块地，如果咱们的土地真就都流转出去了，咱们还能在家干呆着吗？咱们只能进城或者去镇里。就算我们不进城，老死在这里，孩子们也不会再回这地方了，房子收拾得再好，到时候也是'扔货'。"

可是，张景林并不听劝，这不就是生活吗？哪能因为那些并不能确定的未来，影响当下的日子呢？他还是自顾自地坚持把花墙子砌美、砌精致、砖与砖的缝隙要保持一致，每一个细节都要做到完美。

晌午，张景林三间房子的塑钢窗到了。崭新的塑钢窗让他心里感觉到了亮堂，但也还是有一点儿忐忑不安："这得多少钱呢？"他本想向小姨子李明艳要一些城里废旧的窗子，把原来的木窗子换下来，没想到李明艳竟然送来了六扇明晃晃的家伙。

李明艳是我大舅家的二女儿。二十年前进城以后，日子越过越好，不仅开了一家白酒厂，还开了塑钢窗厂，手头宽裕得很。每年秋天，她都带着亲朋好友来龙爪沟住上一周。赶上张景林忙着秋收照顾不了他们，李明艳就自己动手做饭。反正张景林家的冰箱里尽是他们喜欢的东西：冰冻年猪肉、大叶芹、刺嫩芽、猴腿儿、山糜子、蕨菜、猫爪子、婆婆丁、柳蒿、牛毛广、枪头菜……

李明艳最留恋的就是这"年猪"肉，进城二十多年，也只有回龙爪沟，才能吃到这纯正的老味道。

杀年猪，是龙爪沟的习俗。每年一进腊月，家家户户都排着号等着杀年猪。猪，必须是纯粮食喂养了两年的"克郎"。当年的猪，肉太嫩，吃着懈口，没咬头。只有养了两年的克郎猪，味儿才最地道。

在龙爪沟，杀年猪似乎比过年还要热闹。不管谁家杀年猪，基本都是一个流程：杀猪的头一天，就不给猪喂食了，让它空一空肠胃。有的人家也给猪喝一些淡盐水，清理肠肚。然后，通知街坊四邻，都来家里吃猪肉。

到了杀猪的正日子，往日交好的邻居早早到位，女主人已经点好了火，把大铁锅里的水烧得直翻花。抓猪的过程最揪心，四个壮实的老爷们儿，两人一根绳子，在手里挽上一个扣，再冲手心里啐上一口唾沫，憋足了劲儿直奔猪圈。猪一看这阵势，想必也是猜得八九不离十，玩命地跑，边跑边发出惨烈的号叫。两个壮汉把一条绳子拉好，等着猪在慌乱中，绊倒在绳子上。猪一倒，后面的两个人立即拽起后腿，麻利地把猪蹄扣往猪后腿上一带，就绑实了。还没等猪反应过来，前边的两个人已经把它的前腿绑好了，再把一根杠子插进两根绳子中间，大喊一声"起"，猪就四蹄朝天地被抬到案板之上。

沟里杀猪最拿手的人就是刘关里，每年杀年猪，家家户户都来找他。只见，刘关里挥刀一闪，二尺长的尖刀便从脖子攮进了猪的胸腔，刀出血溅，带着热气和腥味儿的猪血如注而下。猪，

龙爪沟仍然保持着这种互助式的劳动方式，盖房子、修桥、打场……他们叫这种劳动方式为"插伙儿"。大家一起干活儿一起说笑，到了饭口，东家的女人开始做饭招待大家。李明娟总是大手大脚不太会过日子，她家砌花墙伙食总是最好的，家里的小笨鸡一天杀一只，花墙子砌好的时候，满院子的溜达鸡基本杀没了。

在挣扎中断了最后一口气。刘关里用一把小尖刀挑开猪腿，用打气筒给猪充气，一会儿工夫，一头猪就变成了气鼓鼓的大圆球，肉皮被绷得紧紧的。刘关里舀起滚开的沸水，一遍一遍均匀地浇在猪身上，如同变戏法一样把一头猪变得干干净净，一根毛也不剩。再一会儿，前后膀、排骨、下水都已经拆卸干净，就连猪血肠也灌完了。

接下来，就是女人们的事儿了，烧水的、切肉的，刀工最好的被安排切酸菜。龙爪沟家家户户烧的都是木头桦子，火又快又硬，猪肉下锅不久，肉香就飘出来了。

吃年猪，吃的就是个热闹，要的就是个"浑和"。可是，那油腻腻的大肥肉啊，连着吃几家，就吃腻了、吃不动了、吃傻眼了，渐渐地就不热闹，没有吸引力了。所以，每年一进腊月，大家都争着排前三位杀猪，争个好彩头。现在日子好了，人口也少了，一家杀一头猪能吃一整年。

为了让猪肉久冻又不走味儿，沟里人发明了冻肉的方法：把肉切成大块，先放在冰柜里冻实，再把冻实的肉放进凉水里，过一会儿，肉外就会挂一层厚厚的冰。然后，把这些带冰的肉重新放回冰柜保存，想吃肉的时候，把肉扔进凉水里一缓，鲜嫩嫩的肉，一点儿都不变味儿、不风干。这纯粮食猪，是喝着龙爪沟的山泉水、呼吸着龙爪沟洁净的空气长大的，是龙爪沟接待客人的"硬菜"。

当然，龙爪沟还有比这更"硬"的菜，那些平日里只有在动物园里才可以看到的飞禽走兽，比如说野猪、野鸡、山兔子、树鸡、傻狍子，以及那些你见都没见过、想也想不到的，都可能出现在他们的饭桌上。

张景林好客，不管秋收多忙，晚上回家以后，都会带着鱼挂子到附近的大河小河里下一挂，第二天上山前，再把挂子起回来，往院子里一扔，就去收地了。李明艳和朋友们就坐在院子里，边晒着太阳，边从挂子上摘鱼。张景林家门前就是一条小河，河水直接用来灌溉水田，要是哪年李明艳来得早，赶上蛤蟆还没上山，张景林就会在河里捡好"捂口"，晚上把柳条编的捂子往小河沟里一放，第二天一早准儿准儿能做一大盘红烧蛤蟆外加一盘小河鱼。

至于那些山野菜，全都是春天采回来的，用水轻轻煮一下放在冰柜里速冻。除了大叶芹用来包饺子之外，其他的山野菜，李明艳从来舍不得用油炒，她把它们解冻后，用水洗干净，直接蘸酱吃，生怕破坏了它们的营养和本来的味道。

张景林手巧、头脑灵活、爱瞎琢磨，龙爪沟的人常常以半开玩笑的口吻叫他"张大明白"。龙爪沟所有的火炕，都是这"张大明白"帮忙设计和施工的。火炕可是个神奇的东西，一般由红砖或土坯外加黄泥构成，别看这一排排红砖（土坯）砌的火炕不起眼儿，却影响着一个主妇的生活质量。在农村，女人们不仅要和男人一起上山、下田，生孩子、带孩子、洗衣做饭更是农村女人推卸不掉的"本份"。谁家火炕砌得不好，做饭时生烟就会从锅底坑返冒出来，饭做不好，炕烧不热，还呛得做饭的女人直掉眼泪。张景林识字不多，自然也没学过几何、物理、建筑等等，

每年杀年猪的日子，女人们是都要来的。在农村，没有女人的日子，不叫日子。

但他只要不经意地扫上一眼，就知道哪一块砖该放在什么位置，烟道应该以什么样的形式在火炕的内部通过。

手巧、聪明、有主见，正是这些性格，让李明娟这个当年的村花，不顾亲友反对，硬是嫁给他这个穷小子。两人谈恋爱时，正是霹雳舞风靡的时候，两人都爱听音乐，爱跳舞。结婚时，张景林家没有钱，就借了一间泥草房当新房，李明娟的父母担心女儿出嫁后受苦，陪送了九百块钱，给他们过日子。没想到，二人商量着，竟然买了一台录音机，把九百块钱全花了。

当年，这一举动惊动了整个镇子，自然也激怒了李明娟那个保守的父亲。他很难理解，连房子都盖不起的一对新人一个新家，不买一头牛或是一头猪，好好过日子，却买回一个黑乎乎、每天吱吱喔喔乱哼哼的东西干吗？但他更担心的是，女儿嫁给这么一个"不着调"的人，未来能否过好日子。

张景林用实际行动有力地回答了岳父的担心，这么多年来，二人不仅没受穷，日子过得也惬意。他们种了半亩大棚，每年就比其他农民多收入五千多元。摩托车、三轮车、拖拉机、收割机，张景林种地最早实现了机械化。太阳能、室内淋浴，张景林的家也应有尽有。我见到张景林时，天色已晚，炊烟袅袅的山路上传来悠扬的歌声，张景林正借着微弱的光线收拾干活儿的工具，心情显然不错。虽然已经五十多岁，但他与我离开村子时，除了脸上多了几条皱纹，并没有大的变化，依然是笑容满面，哼着小曲儿。张景林说他听着音乐干活儿不会感到太累，总觉得还没干够，天就黑了。

张景林完全安于自己的乡村生活，并找到了最佳状态。张景林说："爱谁走谁走，我是坚决不走！"

2

李明娟非要杀一只公鸡款待我。这是她家里最后一只公鸡了，是养了两年的种鸡。我阻拦了几次，没能拦住。她拿起张景林自制的长木杆，杆子前头是一个弯弯的铁钩子。大公鸡正领着一群母鸡在院子里寻食儿，一个不留神，大长杆就伸到了鸡群里，大公鸡正要跑，李明娟的铁钩子已经死死地钩住了它的一只脚。鸡群惊慌逃窜，被钩住的大公鸡拼命挣扎却也无济于事。邻居白永军媳妇听到李明娟的院子里鸡飞狗跳的，已经猜到定是家里又来了客人，又要杀鸡了。

张景林在院子里支起了两口大铁锅，大木头桦子在锅底下烧得嘎嘣直响。鸡下锅后，张景林又添了一些水，把火烧得更旺了些。他说，这是两年鸡，没有两三个小时炖不烂。说完，又开始在另一口锅里炖大鲤鱼。

龙爪沟下起了小雨，这是今年为数不多的一场雨，下得张景林直乐。

李明娟趁着雨天的凉爽劲儿，钻进蔬菜大棚给西红柿打杈子。棚子里四垄西红柿，还泛着油绿绿的光。

当地菜农的西红柿已经上市一周了，市场上西红柿的价格也由原来的每斤四元钱降到了两元钱，再过几天，大批蔬菜上市

李明娟总是好客，每次来客人必须杀鸡款待。这是今年她家里的最后一只大公鸡了，原本是为鸡群传宗接代的，因为我的到来，它提早上了餐桌。

后，价格还会再降一些。李明娟看着棚子里的绿柿子，心里有些着急。

我顺手摘了一个微微发红的西红柿，用手一掰，分成两瓣的西红柿露出了粉色的瓤。自然成熟的西红柿总是需要一个缓慢的过程，先红瓤，再红皮，从心里往外一点点儿成熟，"心儿"也是软软的，不像那些用药物催红的西红柿，即使表皮已经红透了，"心儿"也是硬的。

这时，李明娟的电话响了，是一个一直买她菜的老同学打来的。老同学问她，怎么还不到镇子里卖菜。李明娟答，菜还没长好呗。

"你们的菜不是同时栽的吗？人家都卖了一周了，你的怎么没长好呢？"面对老同学的问题，李明娟只是苦笑，并未做答。

因为答案让李明娟很痛心。

2007年，当地政府号召农民建蔬菜大棚，张景林第一个响应。他的大棚全部采用绿色种植，差不多整个龙爪沟的牛粪、猪粪用不完的都会给他。每年春天，他把"四不像"开进大棚，一车一车的粪扬进去，再用旋耕机深旋一番，大棚里的泥土就变得更加松软、有劲儿。两人精心选种，精心打理，西红柿、大辣椒、茄子都长得水灵灵的。

李明娟坚守着她的种菜原则：不用化肥，不用化学农药，特别是不用催熟剂、膨大剂等。十年如一日，李明娟的菜一直保持着两个特点，一是好吃有味道，二是存放时间长，即使干瘪了，也不容易烂。所以，她的菜总是最受欢迎，有时候，她三五天不来镇里卖菜，一些老顾客竟然就等她三五天。

近几年，李明娟的日子并不好过。无论她怎么精心侍弄，她的菜总比别人上市晚。上市晚，就卖不上好价。而那些上市早的西红柿下架也早，菜农可以在棚子里再种一季晚黄瓜，收入比李明娟又翻出一番。

为了早上市，今年李明娟比别人早栽了半个月的菜苗，大棚的温度不够，李明娟就在大棚里点火，给菜苗"取暖"。本以为这次可以抢着第一个上市，卖个好价钱，却不料，她的西红柿坐果很早，却没有其他菜农的西红柿红得快。

半个月前，卖给李明娟菜苗的农户看着李明娟心眼儿实在得可怜，就告诉她一个秘密：只要用一种叫"甜如蜜一点红"的药，在绿色的西红柿皮上一擦，西红柿很快就会红。农户还告诉李明娟，还有一种更神的药，晚上擦上，第二天一早就红了。这些抹过药的西红柿因为质地较硬，也比正常成熟的西红柿容易运输。现在卖西红柿的农民也都学会这么干了。

其实李明娟早就知道有人用膨大剂和催熟剂，但她觉得那是违反自然规律的事儿，坚持着不用。

可是，买菜的人，最看重的是价格。他们在菜市场走一圈，总是选择最便宜的。只有在价格等同的情况下，她们才会选吃起来口感好的。虽然大家都抢着要李明娟的菜，可是一旦李明娟的菜贵那么一点点儿，马上就会无人问津。因为不用那些催熟剂，李明娟种菜的成本比其他菜农要高一些，所以菜卖的利润就会低很多。

唐国力是个极为普通的农民，普通到无法评价。关于唐国力，我采访了几个人，他们都异口同声地回答我："很普通。"

　　的确，这是个极为普通的农民，他和乡间那些不说话的男人们一样，时常灰头灰脑地靠在僻静的角落，挺直腰杆，背负着日子的沉重，呼吸、生存、繁衍、死亡……

　　作为农民，他无法更普通了。

李明娟想到这些，心里就会难过，甚至会矛盾和动摇。每到这个时候，她就愤愤地想，难到不是市场逼着菜农学"坏"的吗？难道不是只图便宜的消费者逼着菜农学"坏"的吗？

那些抢着买李明娟菜的人会问，为什么她的菜那么好吃？这个问题李明娟不敢回答。

一些同行有时候也会问李明娟，为啥她那么会卖菜，只要她一来，一会儿的工夫，菜就被抢光了。类似这样的问题，李明娟更是没法回答，她只能开玩笑地说："我人缘好呗！"

李明娟不愿意、也不敢说出真相。说出真相，就是泄露同行间的秘密。影响了人家的生意不说，同行们也会把自己当成"叛徒"，痛恨着或挤兑着。李明娟更不敢因为自己卖的是绿色的、健康的菜而涨价，因为她没有办法证明自己的菜是绿色的。一切，只能靠那些买菜的人慢慢地体会，慢慢地感受。李明娟一直在艰难中坚守着，她有时候竟然不知道自己在坚守什么，为什么要坚守。

就这样，有的农户心里还是不托底，非要李明娟也和他们一样采用同样的"科学方法"，这样她就永远不会对别人泄露这个大家共同的秘密了。可是，不管李明娟内心多么挣扎，她都知道，只要相信了这样的"科学"，就是放弃自己的良心，所以对这些"好心"的劝阻，她还是态度坚决地回绝了。农户对李明娟的行为很气愤，觉得她简直不识好歹，不可理喻。

细想起来，那么多人都在用那些化学药剂，满市场都是化学药剂催出来的菜，还差她这半亩地的菜了吗？仅仅她半亩地的菜，能解决食品安全的事儿吗？而且，她做这些，并没有人知道，更不会有人领情，大家还会嘲笑她愚蠢。

农户们明里暗里的诅咒，骂疼了李明娟，她也真往心里去了。想想别人的态度和自己的处境，她的眼泪都快要委屈出来了。

李明娟决定放弃了。她不想做什么圣人，她只是一个需要活着、需要养家的普通农民。那些"科学家"那么有文化，境界一定比她高多了。这些各式各样的"慢性毒药"都是他们研究出来的，他们都不去关心这个社会将变成什么样，她一个农民跟着瞎操什么心？

李明娟根据农户告诉她的地址果然就找到了卖"甜蜜蜜一点红"的店。到店里一看，各种各样的药，真是闪瞎人的眼。可以让菜长不高的、让菜光长叶的、让葡萄不长籽的、让黄瓜花不掉的，只有她想不到的，没有市场做不到的。

李明娟买了一瓶"甜蜜蜜一点红"就骑着摩托往家走了。一向开朗乐观的她心情无比沉重，好像她兜里揣着的不是西红柿的催熟剂，而是一瓶杀人的毒药。杀了别人的同时，也将一个堂堂正正的自己给杀了。

第二天一早，李明娟戴上口罩，准备给西红柿用药。卖药的人承诺，只要用上药，西红柿三天之内就能上市。凭着李明娟在市场上的信誉，只要她拉着菜在镇上走那么一圈，其他菜农就会完全失去了竞争力。

前景很美好，但李明娟仍然情绪低落。十年如一日的坚守，

在牛群里，所有的母牛都是认识自己的孩子的，别的牛胆敢靠近自己偷奶吃，母牛狠狠一脚踢出去，谁也不敢来犯。只有这一头牛，不认得自己的孩子。不管谁来骗口奶吃，它都以为是自己的孩子，奶被吸光了，吸出了血丝，奶头上出了血又结了痂，结了痂又被吸出了血。它依然站着不动，直到吸奶的牛主动走开了，它才肯移步。

　　母爱，是一种很神奇的爱，即使他们认不出自己的孩子，但这爱，还在。

全都白费了。今朝一旦破戒，她前十年走的路就完全失去了意义，就都是错误的，可笑的。

李明娟拧开药瓶，刺鼻的气味儿呛得她直掉眼泪，她赶紧把药瓶盖上。

李明娟再一次动摇了，这么大的味儿，对人体能好吗？

李明娟把药放回原处，摘掉口罩去大棚里干活儿了。张景林问她，怎么没给西红柿擦药。李明娟看着迟迟不红的西红柿说，明天吧，明天再说。

第二天清早，李明娟下定决心，又把药拿了出来。这一次，她还戴上了胶皮手套……

然而，这一次，她又失败了。

"算了，等它们慢慢红吧！就当我给儿孙积福了！"

3

赶上周四，正是镇里的集市，李明娟的第一批菜终于下来了。凌晨两点，李明娟从温热的火炕上爬起来，打着手电到牛棚里把两头牛牵出来，她要早早把牛放饱。龙爪沟的夜好黑，繁星密密麻麻的镶嵌在黑色的幕布上，像一颗颗钻石，因为它们离人间太高太远无法把光芒洒向大地，以导致这么多年，李明娟一直认为只有圆月是发光的，而星星的作用仅仅是告知大家，这是个晴天而已。牛铃在山路上脆生生地响，啪嚓啪嚓，两头牛边走边畅快的拉屎，好像只有把这热气腾腾的牛粪狠狠地摔在地上，摔出响声，才能证明今早它们以第一的位次来过这里。

五点三十分左右，整个龙爪沟罩在一片大雾里，能见度仅有一米左右。牛儿们吃饱了，又在清亮亮的山泉边喝足了水，很习惯很主动地往家的方向走来，李明娟在野草茂盛的地方，把它们拴好，径直去大棚里摘菜了。

赶集可是件大事，这里的集市每周四才有一回，李明娟一上午就能卖四五百块钱。此时，张景林已经把摘好的茄子装进了电瓶车，李明娟又摘了一些西红柿，直到把一个电瓶三轮车装满。飞驰的车将雾气撕出了一个大口子，任她穿行而过。

不知道什么时候，于长龙又出现在集市上。如同一个老熟人一样，踱到李明娟的摊子前，抓起两个西红柿贪婪地闻着，闻够了，用大手掌在西红柿表皮上擦了两下，狠狠地咬了一大口后就再也没松口。红色的汁液从他嘴角流出来，他边吸吮边发出窸窸窣窣的声音，直到把整个西红柿的汁液全部吸干，剩下一张空洞而干瘪的皮，于长龙吧嗒吧嗒嘴，把干瘪的皮随手一扔，说："还是小时候的味儿啊。"

这个夏天，于长龙经常出现在小镇上。不带专家也不带媒体，仅仅是一个人静悄悄地来住上几天。如果赶上集市，他一定会来李明娟的菜摊前，就像现在这个样子，不顾形象地站在摊位前享受小时候的味道。于长龙也常常去龙爪沟，有时候，他把车开进屯子里，有时候，他索性就不开车了，换一身运动装，从镇上一直走到山上。有时，他又像谁家的远房亲戚一样，拎一些稀罕的什物过来，分撒给村民，特别是他想靠近的那几个人。龙爪

靠山吃山，靠水吃水！龙爪沟人的很大一部分收入来源于这座深山。春天挖野菜，夏天采蘑菇，秋天上山打核桃和一些野果。

　　通常这些山货刚一下山就会被人收走，有时候，收山货的人几天没来，龙爪沟的人就会自己背着山货到光华镇的集市上卖。

　　他们并不擅长卖东西，所以，常常把这些东西托付给在街上卖菜的老太太们。至于卖什么价，都由老太太们随行就市。天黑时，老太太们也可以做主，低价贱卖。等他们再下山送货时，连同上一次的钱和账目，老太太们会一并交给他们。

　　有时候，农民之间的信任，是我们无法想象的，这信任，让我感到人性的温暖。

沟的人宽厚、纯朴，经过一段时间的交往，对于长龙的敌意也就消失了。

大家渐渐熟识起来。于长龙就很"自来熟"地和孙振全约好，一起到山上套野鸡，套兔子，有时候也和张景林一起到河里下挂子挂鱼。于长龙常常慨叹，这世界变得太快了，好像只有龙爪沟的世界，还停留在十年或者二十年前。有时候，于长龙甚至会大发感慨，这里比家乡更有家乡的味道。在龙爪沟简单、质朴、安于本份的日子里，于长龙的内心也可能真起了一些变化，那些童年里的底色，越来越多地出现在他的心里并渐渐影响着他。

于长龙边付给李明娟钱，边说："这运到深圳、上海，价格能翻十倍。"

李明娟早已和于长龙熟识起来了，她扯着大嗓门儿抢白他："不用十倍，两倍全给你！"

于长龙付完钱，咂咂舌："就你那半亩地？全种上这个，也卖不出我的运费钱。"

李明娟当然明白他话语中的深意。可是李明娟卖菜的范围就在这十里八村的地方，远一步，别人也不认识她，多一斤她也卖不出去。所以，她只能种半亩地的大棚菜。

其实，李明娟也在暗暗观察于长龙，观察他到底是个什么人？如果真的把土地转租给了于长龙，他会在这片土地上做什么呢？她们的日子会不会因此而更好过？毕竟，这些城里人能把这些东西的价格提升几倍。而且，只有种植数量和种植的质量上来了，才会有可观的经济收入。谁不想把日子过得更好呢？

可是，转念一想，把土地租给外人，自己说了就不算了，自己就沦落成打工者了，老板当然要按着自己的意愿规划和管理这些土地，每年要种什么、怎么种、种多少，就都和自己无关了。而且，这菜卖出几倍的价格，和她也并无什么关系，她仅仅是拿到一份辛苦钱而已。多少来谈土地的商人，都打着帮助农民致富的旗号，可是，谁也不是火眼金睛的齐天大圣，哪里分辨得出谁能真正带着他们致富呢？怕是更多的商人，都是来榨干土地上最后一滴养份，赚得盆满钵满后，就拍屁股走人吧！人家走了，他们守着这些奄奄一息的土地该怎么办呢？这土地，可是农民们仅有的立命之本啊！

于长龙转身去别的摊儿上寻新鲜了，李明娟自顾自地嘟囔："一身本事，不在城里好好待着，老盯着我们这山沟沟干啥呢？把我这心搅和得乱糟糟的。"

4

二叔孙振全离婚二十多年，唯一一个儿子也去了外地打工。因为我家的原因，他算是和李明娟有了点儿亲戚关系。他们住得很近，几年里，孙振全家里基本不起火，到吃饭的点儿就到李明娟家吃。我回来的几天里，孙振全觉得实在没什么招待我的，就骑上摩托车到山上采点儿山货给我尝鲜。

孙振全的日子已经过成了"赤贫"，不仅没钱花，还欠了

我从来不舍得用"穷困潦倒"来形容孙振全的生活，但却没有比这个词更能形容他的一生了。

　　年轻时，孙振全是家里长得最好的男孩儿，个子高、棱角分明，男人味儿十足。他身上有年轻女性最喜欢的气质——侠义。所以，孙振全娶的女人，是龙爪沟的第一美人。

　　好景不长，孙振全媳妇生完孩子第四年，就随着龙爪沟的外出打工潮进城了，一去未归。一段美好的婚姻也随之葬送。孙振全一直没有再娶，很多人猜测是旧人无法忘怀。但不管怎样，孙振全的日子是越过越差，甚至负债累累。

　　在龙爪沟这样的乡村，女人的重要是无法估量的。一个男人有了女人，才有了归宿和希望，而失去女人的男人，注定要落魄终老。

一屁股债。他爹孙吉业去世那年，在光华镇里留了一套房子，一直由孙振全住着。十多年前，这套房子连同三亩地的前后园子被镇上强拆，建了阔气的村部。多少年来，孙振全心里一直憋着这口气，却无处说理。起初，他情绪激动地去上访，都没有任何结果。镇领导换了一茬儿又一茬儿，孙振全的委屈就随着镇领导的更换成了"历史遗留问题"，谁也不想为那些"旧事"负责。渐渐地，上访次数多了，孙振全也由气愤变成了绝望，再后来，变成一种折腾，他再也不动气不上火了，上访的性质和目的似乎也发生了根本性的变化。每次上访，镇上给点儿零花钱抚慰一下，他也就欣然接受了。有几次，我去镇上采访，看到院子里有上访的人群，心里暗想，孙振全会不会也在其中呢？有时候，我干脆开他的玩笑："最近没去上访呀？"他也不恼，笑着答我："最近有点儿忙，没时间折腾他们！"几年前，我看过孙振全写的几份上访材料，虽然满纸的××○○（不会写的字，他用×或者○代替），却有理有据，字字如钉，足以让"当事者"如坐针毡。

穷，似乎并没有影响孙振全的乐观，他是健康和壮实的，用农民的话说就是没病没灾。仅凭这一点，就足以支撑他无忧无虑地在山村和山林间随兴穿行。

孙振全的摩托还未走远，他的电话突然响了。

"我犯病儿了……"电话是张景林打来的，没等孙振全说话，电话那头就没了声音。

孙振全预感到不好，急忙调转车头往回赶。他赶到张景林家时，张景林正躺在地上翻白眼儿，灶坑里的火已经烧出来半米远，大铁锅里的水早已烧干，一口铁锅被烧得像火炭一样红彤彤的，旁边就是一个煤气罐。孙振全碰了碰张景林，他的全身软得如同一根没了筋性的面条。

"药在哪儿？"孙振全问。

"……"张景林已经说不出话来，用手指微微指了指西屋。孙振全到西屋翻出了一个吊瓶，又找到了两支消炎药，给张景林打上。吊瓶打到一半的时候，张景林的脸上渐渐恢复了血色。

张景林先天性肺发育不全，虽然只有五十多岁，但生与死对他来说仅有一墙之隔，不知道哪一天，一个不小心就撞开了另一个世界的大门。再加上这些年，严重的脑供血不足，让他犯病的频率更高了。当然，张景林并不懂医药病理，平时他备在家里的常用药，都是自己凭经验在药店买的。

对于龙爪沟的人来说，自己给自己看病，自己给自己打针，那是再正常不过的事儿了。小病扛着，扛不住就吃止痛片，这是龙爪沟几代人传下来的习惯。慢慢地，这种习惯就变成了一种特有的文化，根深蒂固。一些上了年纪的人，每天早上起来先吃两片止痛片，才开始一天的生活；每晚睡前，再吃两片向一天宣布结束。

龙爪沟原来有个赤脚医生，大家都叫他于大夫。龙爪沟的人会过日子，特别不舍得花钱看病。虽然于大夫的医术实在是不高，有时候还会出现误诊，但就连他，也因为龙爪沟的人太"抠"而不喜欢给他们看病。

有一年，龙爪沟的一个孩子病了，有人用摩托车把于大夫接来，于大夫给孩子打了消炎的吊瓶，没想到，孩子刚打上不到十分钟，浑身就起了红疹子。于大夫刚要拔针，孩子的母亲赶紧把自己的手伸了过来："于大夫，这一针要好几十块钱，扔了白瞎了，你给我打上吧！"于大夫经不起对方的软磨硬泡，竟然同意了。谁也没想到，这一针消炎的吊瓶，让这位母亲坐下了严重过敏的毛病。头几年，只要打针就会过敏，后来，连西药也不能吃了，吃上就过敏，再后来，连中药也不能吃，再再后来，凡是鱼类、肉类她都不能吃了。

孙振全是沟里第一个放弃于大夫的人，也是第一个可以用左手给右手扎针、右手给左手扎针的人。当年，孙振全生病，于大夫给他打了两个吊瓶，竟然扎了十六个针眼儿，孙振全脾气差，第三天说什么也不让于大夫来了，还痛骂了他一顿。得罪了唯一一个肯来龙爪沟的大夫，从此，龙爪沟再也没有肯上门服务的大夫了。

张景林醒后，老刘头送来了一只母鸡给他补身子。龙爪沟仍然是个熟人社会，每一个人都是上一辈人看着长大的，"远亲不如近邻"这句话，在龙爪沟像真理一样被人们普遍认同。

老刘头七十八岁，和张景林住得并不远，儿女们都进了城，老俩口不愿意给儿女添麻烦，一直住在龙爪沟。这几年，年岁大了，地也种不动了，张景林和李明娟每年种地前，都先抽空给他的地种上，秋天时，也先抽空帮他收回来。二老感念这对年轻人，所以家里有什么好吃的都给张景林送来。

老刘头最知道生病的滋味儿，前些年，他得了一种怪病，龙爪沟的人管这病叫"吸血鬼"，医学上称它为"败血症"。虽然儿女都孝顺，但老刘头可不舍得把钱都花在这病上。眼看着自己脸色苍白、浑身无力，他也挺着不去看。老刘头的主意正，一辈子靠种地活着，分分角角的钱都要计较着花。他一辈子的血汗啊，去医院住一周就得倾家荡产。渐渐地，老刘头更虚弱了，耳朵像透明塑料一样，孩子们强行带他去了医院才知道，老刘头需要每两周输一次血，每隔四周要输一次血浆。这样的结果对于老刘头来说，还不如死了算了。这就是拿儿女的钱买自己的日子。

命运有的时候很淘气，喜欢和老实人开玩笑。当老刘头厌倦了输血的生活时，孙振全的儿子艳哲从城里回来了。谈起输血的事儿，艳哲骄傲地举起一沓儿献血本说："我每年都义务献血，以后我需要用血的时候，国家会免费提供给我。"龙爪沟的人突发奇想，一个是要献血的小伙儿，一个是要输血的老头儿，两人血型又相同，为什么不能结合一下呢？这个看起来十分冒险的计划竟然在一个医生的操持下被实施了。艳哲的血没经过任何医学手段的处理，就直接进入老刘头的身体，老刘头不仅没起排异反应，竟然渐渐恢复了造血功能。几年过去了，老刘头再也没去输过血，"吸血鬼"的名子也没人再叫了。

这个让城里人听着都害怕的无比荒唐的经历，龙爪沟的人却讲出了他们自己的道理。他们说，年轻人的血好，有活力，被输入到老刘头的身体里以后，那些好血，又生出更多的好血，老刘头就和正常人一样有了造血功能啦！

再回龙爪沟的时候，当初那个最坚决留守的老刘头已经搬走了。空房子里的东西，大约是一件也没带，还像有人住着一样。

　　人，终究是拗不过天的，不管他当初多么想留下，多么想老死在这片土地上，可是，当他老了，当他们都老了，他们便做不了自己的主了。

5

段明是李明娟的舅舅段四的儿子。虽然他和我都唤李明娟为大姐，但我们并没有任何血缘关系，又因为我早年到外地读书，和段明基本上就不认识。段明初见我时，没有一点儿陌生感，还亲切地叫我姐姐，给我看他养的猫，爬到树上给我摘山里红，告诉我他在龙爪沟里还有四亩地，他不再走了。

段明的母亲在八十年代末期进城打工后，就再也没有回来。段明辍学后，和父亲在城里的建筑工地上出苦力，成了典型的农民工二代。父子俩很少回龙爪沟，再加上前几年段明父亲到各个城市去找段明妈，欠了一屁股债务，段明父亲就合计着把房子卖了。龙爪沟的房子并不好卖，他就把家里的四亩地打在房价里，连房带地卖了一万五。还清债务以后，二人在城里的一个工地附近租了一个插间。

两年前，段明的父亲在工地上突发脑出血去世了，段明一下子失去了主心骨。拖欠了两周的房租后，被下了逐客令。他找不到工作，连吃饭的钱都没有，只能到处流浪。

张景林联系上段明是因为接到了派出所的一个电话。那时候，他和李明娟在山东的一所大学里租了个档口卖麻花。那天，张景林正忙着送货，突然接到一个陌生电话，让张景林到派出所去一趟。张景林到了派出所才知道，段明已经在这座城市里流浪半年了。

这半年里，段明在城里打零工、捡破烂、偷东西，饥一顿饱一顿算是活过来了。前几天，他瞄上了一个工地里的一些钢材，一天晚上，趁着更夫不注意，他就偷了一些卖给了废品站。两百块钱，没几天就花光了，段明惦记着那些钢材，便又去了那个工地，结果被更夫抓了现形，直接送到了辖区派出所。张景林好说歹说，交了两千块钱的罚款，才把段明从派出所里"捞"了回来。张景林劝段明回龙爪沟，只要有块地，就能活下去。

土地，是农民最可靠的保障，可是段明偏偏没有土地了，他的土地当年被父亲以房子附属品的形式卖给了邻村的高老四。城里活不了，农村回不去，段明心里愁啊！段明帮张景林卖麻花的时候，认识了大学里教法律的一名教授，教授说："你可以告啊！农村的土地所有权是国家的，农民怎么能随意买卖呢？"段明说，卖房卖地都是有合同的，白纸黑字啊？段明还是不明白，签了合同的事儿，怎么还能要回来呢？

大学教授好好给段明上了一堂很有针对性的法律课，并给他举了好几个要地成功的案例鼓励他。可是段明还是觉得这事儿不可思议。那些年，农民种地没有直补款，土地根本也不值钱，很多进城打工的人走了就把房子和土地一起卖给了另一户人家，这么多年，没有人卖了地还往回要啊！这事儿如果段明做了，以后还怎么做人呢？段明左思右想这事儿都不能做。他宁可冒着被警察抓的危险，在陌生的城里偷东西，也不想让乡亲们说自己是个不义之人。

张景林在大学食堂租用的档口快到期了，档口到期后，他就

这世上，段明已经没有太多亲人了。龙爪沟的人，常常看着他的背影暗暗叹气：二十七八的小伙子，是该考虑结婚生子的问题了，可是哪家的姑娘会嫁给他呢？

如今的农村，没有十几二十万的钱，怕是难以娶上媳妇的。而段明，只有他那四亩贫瘠的土地。

打算回龙爪沟了，段明又将过上流浪的生活。有一天，大学教授来食堂的时候，段明追了上去，求他帮帮自己，帮他把那四亩土地要回来。大学教授给了段明一个电话，那是一家律师事务所张律师的电话。张律师是教授的学生，在吉林省做律师很多年了，他义务帮农民工维权，对吉林省的事儿很熟悉。

联系完张律师，段明睡不着了。当年卖房子的时候，高老四一百个不愿意买，段明家的房子又小又破，那些土地东一块西一块也不规矩，因为段明父亲急着用钱，才求爷爷告奶奶地求着高老四买。如今，段明为了生存，要成为一个背信弃义的人了。段明问张景林，自己这么做是不是太损了。张景林毫不掩饰地说，法理是法理，人情是人情，当年的事儿大家都知道，是人家好心帮你。如今，为了要这块地，你反而去告人家，这事儿做得太不地道了啊！

可是，话又说回来，人终究是要活下去的，活着，才是最后的底线。段明要活着！没有土地，段明活不了！难道，还要去偷去抢吗？段明硬着头皮打了一场官司。在这场官司里，除了张律师，没有一个人支持段明，连段明自己都心虚。

开庭那天，高老四和高老四媳妇都去了，还没进法庭，高老四媳妇就破口大骂，张牙舞爪地冲着段明就来了。高老四拦了几次没拦住，段明脸上就留下了几道抓痕。高老四也觉得段明是个恩将仇报的狼崽子，所以拦媳妇的时候，也只是装装样子而已。开庭的时候，段明的脸上带着伤，血一点一点从伤口里渗出来，一抽一抽地疼。

段明想了，就算法官问他，这脸上的伤是怎么来的，他也不说，这算是对高老四的一种补偿吧。可是，法官好像连正眼看他一眼都没有，自然也没关注他脸上是不是挂了彩。倒是高老四媳妇，手指上缠着创可贴，那是挠段明的时候太用力，手指甲挠劈了。

乡下和城里终究是不同的，乡村里那些乡规民俗，是一套更为丰富多样、细致精巧的契约。平日里，它似乎坚不可摧，可是，一但它和法律发生了冲突，它又显得那么脆弱和没有依据。一纸判决，就可以改变它，甚至是摧毁它。段明的四亩土地就这样要回来了，那是他拿自己的脸换来的。平日里，在乡亲们面前，段明是最爱脸面的，可是和生命、生活比起来，脸，又算得了什么呢？

6

龙爪沟的人大多是信命的，命里注定的事儿，谁也改变不了。那些不信命的，或者是信了自己的命和其他沟里的人不一样的人，都走了。在这个小山沟里，已经没有几个年轻人了。小庄儿、朋朋、柱子是龙爪沟一百多户人家里，唯一留下的第三代人。他们都出生在八十年代末期。在龙爪沟人的眼里，他们就是龙爪沟的未来，也将是龙爪沟最后的命运。

小庄儿是沟里最喜欢做买卖的人，他总能从生活中发现商机。可是，上天仅仅给了他发现商机的眼睛，却没给他把握商机的头脑。他的每一次买与卖，都充满了笑点，是沟里人们田间地头的笑料，也成为小庄儿和亲人们心里的伤痛。

就在我见到小庄儿的前两天，他又做了一桩赔本的买卖。他在通化市看到蘑菇四块钱一斤，暗暗高兴，心里的小算盘打得噼啪直响：一斤能卖四元，如果三元一斤收上来，那还有一块钱的赚头儿呢！小庄儿兴冲冲地赶回龙爪沟，以三块钱的价格将那些刚刚下山的蘑菇收购、装箱，急匆匆坐上去市里的车。

颠簸了一路的蘑菇到了市里，已经失了原色，别说卖不上四元钱，烂哄哄的蘑菇，两块一斤都无人问津。小庄儿懵了，怎么和想象的一点儿都不一样呢？可是，他必须在天黑之前赶回家，不然，在通化住一宿那就赔得更大了。他把蘑菇分成了一小堆儿一小堆儿，给钱就卖。小庄儿又一次毫无悬念地赔了，他不得不向邻里借钱度日。

龙爪沟的很多人都是沾亲带故，即使没什么血缘关系，也因为世代居住在这里结下了深厚的感情。人们劝小庄儿买一台打豆机，每年秋天，整个龙爪沟的人都会租用这台机器打豆，让小庄儿维持生计。这是小庄儿唯一盈利的生意，也是养活他一家老小的生计。

平日里，龙爪沟的夜总是来得异常迅猛，只是一眨眼的工夫，就像魔术师手里的一块黑色的幕布在大地上展开，人们遵循着古老的规矩，乖乖躲进自己的蜗居。

丰收后的夜晚，却是极不一样的，人们要在满天星斗下给黄豆脱壳。龙爪沟的生活，是高度自给自足的，从豆油到粮食再到蔬菜、肉禽、水果，都可以靠双手直接从土地上获取，而劳作，又是互助形式。关系好的人，合伙儿种地、合伙儿收割、合伙儿打场。

农民要在白天里收割，所以只能压缩这漫长的暗夜。他们把门前的土路封上，小庄儿把打豆机拉出来，安放在路的一侧，不论是打谁家的豆子，沟里每家都出人帮忙，烟雾弥漫里，大颗大颗的黄豆就从豆荚里脱落出来，被妇女们装进了袋子。夜色里、灯光下，从褐色豆荚里显露出来的，除了那黄灿灿的能给生命提供维生素、蛋白质的黄豆，还有支撑整个龙爪沟几十年一脉相承的情感。

小庄儿会开车，各种各样的车他上去看看就会开。他没在任何驾校学过，自然也没有驾照。拖拉机、四不像、摩托车、轿车，龙爪沟有的车，他都开过，别人开一百迈，他开一百八十迈。有好几次，他开着别人的车在镇上穿行被警察追堵，他像电影里演的一样，左拐右拐就甩掉了警车。

小庄儿也进过城，因为不识字，又没有方向感，所以找不到东南西北。那些街街路路，头尾相接，彼此纠缠，就如随意堆放在那里难以理出个头绪的乱麻一样，让会开车的小庄儿心绪烦乱，深感无助和绝望。

和小庄儿相比，朋朋身体瘦弱却极其精明。所以，朋朋除了种地，还养了五十多只羊。每到周四赶集，他就杀两只羊，去集市上卖羊肉。不识字的朋朋特别会算账，不管多复杂的算数，只要是与买和卖扯上了关系，特别是和他的羊扯上了关系，他比计

第一次见到朋朋，他正在河边洗那些杀羊的工具。话少，不热情。我问他想找个什么样的媳妇时，他不抬头也不回答，像没听见一样结束了我们之间的谈话。

　　第二次见到朋朋，是在张景林的杀猪宴上，他和小庄儿、柱子已然是杀猪队伍中的主力了。人们开始分割猪肉时，朋朋蹲在锅灶前，用木棍串了一只猪腰子给大伙儿烤着吃。笑着、骂着、闹着，十分自如且快乐。

算器算得还准、还快。朋朋从不走远，无论城里的羊肉多贵，无论城里有多少诱人的故事，朋朋的羊肉从不出镇子，谁也不知道这是为什么。而朋朋第一次进城后，经历了什么，他从来不肯透露半句，他只是默默和他的羊，被一种极为神秘的力量，钉在了这片土地上。

　　和朋朋、小庄儿比起来，柱子是确确实实的庄稼人，从土里刨食儿是他的看家本事。他三十五岁，身体壮实，已经是两个孩子的爹了。柱子出了名的能干，单靠这一身蛮力，也足以养活一家四口。所以，柱子最怕离开土地，最怕他的土地有什么闪失，有人来租龙爪沟的土地，柱子总是第一个反对。队长曾经给他算了一笔账，一亩地种玉米最多净收二百元，还得种、管、收，很辛苦，租给附近农民种玉米，每亩地才给六十元的租金，而种蓝莓的"金主"一亩地给五百元左右，比种地多挣三百元不说，还什么也不用干。柱子不敢信，柱子只相信脚下这片土地和自己这一身的力气。如果说柱子对这个世界还有一点儿信任的话，那他只相信土地上这些一岁一枯、不断轮回的庄稼。要是把土地租给了别人，柱子这一身的力气可往哪儿使呢？

　　朋朋、柱子、小庄儿都识字不多，在山里和地里穿行，自如而灵活，他们认得山里每一种能卖钱的草和果儿，年轻而旺盛的生命力让他们在这片大地上占尽了优势。只要他们一进城，不识字就让他们变成了睁眼瞎。对于朋朋来说，他最担心的就是被别人欺骗。而柱子的大敌就是那一辆一辆奔驰的汽车，别人坐车会晕车会吐，而柱子，看到冒着烟的四轮汽车，站在路上也会头晕目眩。

第二部

被土地囚困的人们

国庆节长假，龙爪沟进入了繁忙的秋收季，玉米、水稻、大豆、花生，都开始抢收。李明娟用三轮车拉着我往田里走，山路颠簸，我先是坐着，坐不住又蹲了一会儿，后来就索性站起来。站在车斗里，风从耳边呼呼地吹过，一排排庄稼齐刷刷地站在地里，注视着前进中的我们，如同接受检阅一样，我突然有了一种威风凛凛的感觉。不知道这是不是一个农民收割前的普遍心理，如同上帝一般，主宰着这片土地、这片土地上的庄稼。

　　平整的水田地里，收割机在轰轰隆隆的噪声中来回穿行，成片的水稻就在那轰鸣声里，变成了直接可以打包运走的粮食。但农民们从来不相信这些不懂人语的机器，就算他们再厉害，那些长在山坡上的豆子、玉米，还有那些生在边边角角的水稻，却是机械永远也够不到的，他们必须亲自动手，再用镰刀补割到手。

　　只有真正走近庄稼时，才发现这些看似并没有任何变化的庄稼，和过去比，其实已经完全不一样了。我童年里的水稻，秸秆很细，稻穗也并不多，每年收割时，它们都已经干枯得如同一把野草。而如今的水稻，秸秆高大、粗壮，稻穗多且籽粒饱满，每一穴水稻的株数也比从前多了很多，我拿起镰刀试着割了一下，已经很吃力了。庄稼变了，劳作方式变了，人心也变了！过去的农民，最突出的一种品质就是遵守或恪守，遵守日出而作、日落而息的时间节奏，遵守每一个节令对耕作的提示，遵守各种各样的规矩和规律，哪怕你在土地上给他画一个圈圈，告诉他不能迈出圈圈，他也会安安分分、心甘情愿地用自己的一辈子来守护这个圈圈。现在，已经很少有人把过去的一切当美德了。

10月2日，在外地打工或者定居的龙爪沟人，从四面八方赶回来过节。张景林把冰柜里的各种山菜、猪肉都拿出来，准备了一桌丰盛的农家菜。我大舅家的哥哥们很多年前，就搬回山东了。这次回来，是想把大舅的坟起回山东，方便祭拜。这是家族大事儿，作为上一代仅有的两位长辈，我四舅四李子带着一家四口和两个孙子回来主事，我的母亲李廷梅也在我的父亲孙振凯的陪同下，一起回来了。难得一家人聚得这样齐，大家热热闹闹喝完酒，又张罗着去给已故的长辈们烧纸上坟。李明娟骑着摩托车在前边带路，一辆辆小轿车跟在后面，驶向更深更远的山里。

车队在山脚下停了，大家要步行好一段狭窄、弯曲的山路才能到达目的地。

我随着人群穿过一片片玉米地，又穿过一片接一片的树林。这些熟悉的景物让我感觉到好像正在某段岁月里穿梭。我舅舅四李子和我母亲李廷梅的童年、少年、青年、壮年都是在这里度过的。这狭窄而弯曲的山路，曾记录过他们千回百转的脚步，也记录过那些回肠荡气的故事。

1

1954年，母亲李廷梅出生在山东省的一个小山村里。受国家"开发建设北大荒""为国家多打粮"等口号的影响，李廷梅出生不久，他的父亲就带着全家人，跟着"开发北大荒"的大队伍到黑龙江省一个荒芜的小村子投奔李廷梅的三姑。当时，黑龙江的生存环境很恶劣，冬天要抵抗零下三四十度的严寒，夏天要忍受荒原的湿潮和凶猛的蚊虫，夜里，还要防止野狼伤人。李廷梅有四个哥哥一个妹妹，哥哥们每天上学，都要在书包里装上半书包玻璃碴子，如果路上遇到狼，这书包就是他们与狼搏斗的武器。每天上学之前，老人们都给他们讲好，狼怕火、怕光，如果走夜路的时候碰到了狼一定要用这两样东西吓它，最下策才是与狼决斗。

李廷梅并没有近距离看到过狼，与狼有关最深的记忆就是那个盖着妹妹尸体的竹筐。

李廷梅六岁的时候，正赶上三年困难时期，秋天粮食刚一收获，就交了公粮，剩下很少的粮食根本不够几个孩子吃。为了安抚每天咕咕乱叫的肚子，李廷梅一家人春天挖野菜、冬天扒树皮，吃过所有能够充饥的东西，艰难地维持着生活。

那年冬天，家里的粮食快没了，李廷梅的母亲用树皮磨成粉和玉米面和在一起给孩子们吃，树皮粉越来越多，玉米面越来越少，每次吃完，妹妹都喊着肚子疼，几天不放屁，也不拉屎。一

很多从农村走出来的人，都有过收割的经历。每每回忆起农活儿，多津津乐道：当年如何如何！事实上：那把镰刀、那把锄头，真的是太沉重了。以至于，虽然我们长大了，或者我们正值壮年，我们依然拿不动它。我们对它的留恋，仅仅是一种想象或者是自我慰藉。

天上午，妹妹肚子疼得直打滚，汗从她的额头上大滴大滴地滚下来。

李廷梅的母亲打发李廷梅赶紧叫三姑来想个法子。李廷梅带着三姑回来的时候，母亲把妹妹放在了院子里，用一个大大的竹筐罩上。李廷梅还小，不知道死亡和睡觉有什么区别，也没人给她讲。所以，她以为妹妹只是睡着了，一会儿就掀起竹筐看一看妹妹睡醒了没有，一会儿又去看一看。母亲气坏了，一边打她一边掉着眼泪。挨了打的李廷梅似懂非懂，只听母亲说，如果拿走了那个竹筐，狼就会在夜里来把妹妹叼走。李廷梅的母亲并没抱怨，孩子的死是因为没有粮吃，在干粮里掺了过多的树皮粉造成的，她仅仅是一遍一遍地重复：这孩子的命苦，自己的命也苦。

第二天天一亮，李廷梅看着母亲在妹妹的后背上拍上锅底灰，又在野外架起了大大的火堆，把妹妹放在火堆上烧了。这一幕，把李廷梅吓坏了，她几夜几夜不敢睡，她只要一闭眼睛，就仿佛看到妹妹站在火堆里哭着叫着喊她。

妹妹死后，李廷梅和哥哥们吃的干粮里，树皮粉明显少了，但拉屎仍然是件困难事儿。李廷梅的母亲每天要给孩子们揉肚子，又将一个生了锈的抠耳勺一头拴上细麻绳，系在厕所附近的窗台上。哪个孩子实在拉不出来，就用小铁勺把堵在肛门里像石头一样坚硬的屎块，一点点儿抠出来。

可是，没几天，李廷梅还是病了，连续几天高烧不退，母亲带着她到村头的三姑家看病。三姑瞄了她一眼说："掉魂儿了"于是三姑戴着一顶花帽子，对着手里的鸡蛋喊："李廷梅、李廷梅。"李廷梅坐在炕沿上答："哎！我在这儿。"三姑说："你别应声，我这是给你叫魂儿呢。一会儿你的魂儿进了这个蛋里，你把它吃了，病就好了。"李廷梅乖乖地坐着，三姑怎么叫，她也不应声。只见三姑在她周围叫了十多声，又走到窗外去叫，牛圈、鸡窝、狗窝、排水沟，三姑连茅厕都没放过，整整折腾了半个多小时，才把鸡蛋用红纸包好，放进李廷梅的兜里。李廷梅觉得三姑像神仙一样，无所不知，就把藏在心里的秘密告诉了三姑：母亲把妹妹扔火堆里烧了，而且还在妹妹的后背拍上了锅底灰。她怕三姑不信，还故意强调了几次，她亲眼看到母亲抱着妹妹，把她仍进了一个大火堆。三姑说，妹妹是个讨债鬼，是专门来家里骗饭吃的。所以，养着养着就死了。受骗的人亲手给这些讨债鬼拍上锅底灰，就是给他们做了标记，他们就再也不敢来骗人了。如果他们命好，还有机会投胎做人，他们就会找个人家健健康康长大，不会半路死了。说也奇怪，李廷梅吃了三姑的鸡蛋，病真的好了，也不发烧了，也看不到妹妹站在火堆里哭了。

　　李廷梅八岁的时候，她的父亲，也就是我的姥爷，听一个远房亲戚说吉林通化成立了人参场，在大龙爪沟的北山上开垦生地栽培人参，那里需要很多劳动力，只要有力气，肯干活儿，都能吃饱饭。姥爷就马上托了人情，举家搬往人参场，希望到那里寻一条活路。

　　穷家富路，从黑龙江出发那天，李廷梅的母亲把仅有的一点儿玉米面拌上野菜、树皮粉，做了一锅大饼子带上路。那是李廷梅第一次见到火车，好多好多车"粘"在一起往前开，很有趣。

下了火车，还有好长好长的路要走，一双大鞋把李廷梅的小脚磨起了水泡，李廷梅就脱了鞋跟着大人走，走着走着，鞋也走丢了。李廷梅走累了，哭着问父亲，为啥要搬家呢？父亲说，家里没粮食了，再不走，就会被饿死，到了人参场，一家人出点儿苦力，还能挣点儿饭吃。可是李廷梅不明白，为什么秋天打那么多粮食，却没粮食吃。问父亲，父亲一时也答不上来，他只知道，国家收公粮，农民就要交公粮，至于为什么要交，可不可以不交，他连想都没想过。他摇着头，把光着脚的李廷梅抱进挑筐里挑着，就这样，李廷梅被父亲用挑筐挑到了人参场。到了人参场，虽然有饭吃了，但全家人依然是吃不饱，有粮食的时候，先紧着孩子们吃，大人吃野菜，有时候，一点儿粮食没有了，孩子们也要出去挖野菜充饥。

　　李廷梅九岁时，父亲突然得了重病，高烧不退，社员们用一块门板将他抬到二十里地以外的医院，医生也看不出名堂，就给他打了退烧针和消炎针，以治感冒的方法治疗。李廷梅的母亲是个小脚女人，见识也不多，听说丈夫病了她第一件事就是去半山腰的算命先生家，算一算病能不能好。算命先生告诉她，如果下午还不见好转，就过不了当晚十二点。李廷梅的母亲慌了，无论如何，她要去一趟医院。于是，她带着三儿子去了医院。李廷梅的父亲见她来了，并不高兴，怎么能把两个小孩子扔在家里呢？赶紧回家！李廷梅的母亲并不想走，可是在丈夫的催促下，她只能再赶二十里路回家。

　　街里与大龙爪沟之间必须经过一条宽阔、湍急的哈泥河，河的下游有摆船人。生活在哈泥河上游的人们为了方便，用铁丝将几十块木板连接起来，横跨在河面上，叫木板桥。由于河面过宽，靠铁丝连接的木板桥走上去上下震颤。李廷梅的母亲从来没出过远门，更没走过这样的桥，她的脚步总和桥震颤的节奏不搭调，她越走越害怕，越走越不会走，两只小脚好不容易挪动到桥中间，脚底一滑滚落进河里。

老三在桥中间手足无措，大声呼喊："救命啊！救命啊！"离桥不远的地方，一群教师听到呼喊声，将李廷梅的母亲救了上来。此时，李廷梅的母亲已经没了呼吸，有经验的老者，指挥大家将她抬到一个大石头上，倒空着。一会儿功夫，从母亲的嘴里流出来一大汪水，人缓缓地醒了，三五个好心人一起把他们送回了家。

李廷梅的母亲前脚儿到家，李廷梅父亲的尸体就被社员们从医院抬了回来。在回来的路上，细心的社员发现，李廷梅父亲的腋下，竟有几颗红色的小疹子。年长一点儿的社员告诉李廷梅的母亲："老嫂子呀，老李这是起水痘了，水痘没出来，人给憋死了！"

一个原本壮实如牛的生命，就因为几个黄豆般大小的水痘戛然而止，李廷梅母亲的世界也因此而轰然倒塌了。

2

很快，大龙爪沟的山已经被开垦得差不多了，没有办法满足进一步发展。此时，国家正盛行一平二调：农村基层组织"人

每个人的记忆深处，都会有一条代表着故乡的河流。无论气势磅礴，还是潺潺涓流，它都是与乡土联接的那根脐带。

　　我的这条脐带叫"哈泥河"。夏天，人们成群结队在河里洗澡、捉鱼、钓蝲蛄；冬天，冰封的河面上，孩子们放爬犁、打冰嘎。开学时，我们把河里的沙子用土篮抬到校园里垫操场；毕业时，我们在河边的树上、草丛里拍离别照……哈泥河水深又湍急，每年都会有几个淘气的孩子溺水而亡，但这并未影响我们爱它，歌颂它，甚至把它写进校歌里。

　　二十年后再见哈泥河，大河变成了细流，两岸树木少了，河床里露出了一片一片的沙地。心疼它，如同心疼我的故乡！

民公社"内部实行的平均主义的供给制、食堂制（一平），对生产队的劳力、财物无偿调拨（二调）。人参场也归属了光华公社（今光华镇）经营，并将厂址迁到东升村的北山上三岔河岭南坡，这里被称为"小龙爪沟"。社员的住处也随之迁往小龙爪沟。这时，越来越多的劳动力向小龙爪沟汇集，大龙爪沟渐渐"失势"，也就越来越少被提及，小龙爪沟也就成了现在的"龙爪沟"。

柱子的姥姥"老蒯"就是在这个时候嫁过来的。

老蒯是个远近闻名的人。她还没来龙爪沟的时候，她的故事就传遍了这里的沟沟岔岔。关于老蒯的那些事儿，小时候，我的二姑孙振荣给我讲过，我的母亲李廷梅讲过，前一段时间，表姐夫张景林也讲过。总之，这样一个传奇的人物，即使她已经死了十几年，但只要你见到龙爪沟的人，就一定会听说她的故事。

老蒯是山东人，她的第一任丈夫娶了两房老婆，老蒯是大老婆，生完两个孩子就遇上山东闹饥荒，家里没粮吃，两个孩子一哭，老蒯的丈夫就下死手打她。老蒯实在受不了打骂，就跟介绍人来了东北。老蒯来东北唯一的期待就是找个不打她又能吃饱饭的人家嫁了。

介绍人首先把她带到事先说好的老赵家。老赵是个老实人，一直在通化县光华镇闹枝沟大队的场园打更。老蒯不丑，老赵又打了一辈子光棍，早就盼望着有一房媳妇。第一次看到老蒯，老赵默默把头低下了，连第二眼都没敢看，就羞红了脸。介绍人问他，满不满意，老赵还是不敢抬头，脖子憋得通红，额头上的青筋一蹦一蹦。介绍人说，不说话你就把她留下吧，她啥也不要，有口饭吃就行。

可是没过一周，老赵就灰头土脸地找到介绍人，要求"退货"。老赵的理由就一条，老蒯太能"嘚瑟"，他养不了。介绍人问他怎么能"嘚瑟"，老赵又把头低下了，一句话不说，憋得满脸通红，啥也说不出。后来，大家才弄明白，老赵在场园打更，场园总是堆着一些等着打场的粮食，老蒯高兴，就非要拉着老赵在那堆粮食上干那种事。

老赵是个老实人，那种事儿怎么能在屋子外边做，而且公家那么金贵的粮食，干了那种事儿，可怎么得了？老赵只和老蒯生活了一周，就发现老蒯总有些奇怪的想法，让他看着就害怕。

介绍人很为难，在那个穷苦的年代，谁家的粮食都不够吃，平白多加一个人，是很大的负担，无论如何，介绍人不能把老蒯带回家。介绍人和老赵商量，能不能忍忍。老赵直摇头，死活不要了。没办法，介绍人只能先安抚老赵，让他收留老蒯几天，他马上给老蒯另寻户人家。

老吴是闹枝沟生产队的一个小干部，脾气火爆，在生产队没人敢惹。老吴家穷，脾气又坏，一直娶不上媳妇。老吴不信邪，怎么个怪法？有打不服的牲口，还有打不服的女人？就这样，老蒯被转手送给了老吴当媳妇。后来，村民们一点点儿搞明白了，原来老蒯做事隔路，说话也不着调，老实巴交的农村人多数理解和将就不来。起初，老吴并不舍得打她，大事儿小事儿都依着她。

春天里，刺嫩芽长出了新芽，大人们都去生产队种地去，孩子们去山上采刺嫩芽。老蒯不去生产队种地了，也背着筐上了山。老蒯是山东人，并不认识刺嫩芽和楸子树芽的区别，乱糟糟采了一筐就下山回家了，回家的路上还掰了几胶。老吴不乐意了，不好好在生产队干活儿挣工分，到山上乱跑啥？况且，老蒯肚子里怀着他的孩子呢！一旦有个闪失，可咋整？再一看老蒯的筐里，哪有一个能吃的刺嫩芽？全是些楸子树芽，老吴更不让她上山了。

第二天，老蒯又走了，跟着一群猴孩子不管不顾地又是上山，又是下河。老吴心疼她肚子里的孩子，上山找她。没想到老蒯不仅不下山，还翘着脚骂老吴。老吴驴脾气上来了，也忘了老蒯还怀着孩子，对她一顿暴打。挨了打的老蒯更来劲儿了，骂得更难听，就是不下山。老吴气急了，用一根拴牛的麻绳拴上老蒯的脚脖，像拖牲口一样，一路小跑把老蒯拖下山。老蒯躺在地上，一边哭一边骂，白嫩嫩的后背被拖得血肉模糊……半夜里，老蒯疼得睡不着觉，就在院子里放声哭，边哭边说："我大老远从山东跑到东北，就想找个不打我的男人，谁成想，又碰到了一头驴，我的命好苦啊！"

老蒯给老吴生了两个孩子后，老吴突然得了急病。当地的医院看不了，建议老吴到县城的医院治疗。去县城看病？老吴吓了一跳，他这一辈子也没进过县城啊。全国都缺粮食，所有农民都得老老实实在农村种地，哪能随便进城呢？再说了，国家是有规定的，农民进城需要到大队开介绍信，介绍信开到公社，然后到公社换去城里办事儿的介绍信。没介绍信住不了店，到哪里都得给你赶出来。没准儿，还会把你当盲流给抓进"局子"里呢。进了城，不仅需要钱，而且还需要粮票，没粮票，有多少钱也吃不上饭。怎么能随随便便就说进城呢？老吴生气，一个农村人哪有能耐进城看病呢？进了城里，吃啥喝啥呢？老吴让老蒯用手推车把他拉回家，也许歇两天就好了。

回家没几天老吴就死了。

在农村，土地是男人的命，男人是女人的命。一个家，没了男人，就没有在土地里刨食的劳力了，女人也就没了活路。老吴一死，老蒯一下子没了依靠。她四处托人说媒找下一个婆家。她总是要寻个依靠、有个保障。龙爪沟的老光棍王长贵一直也娶不上媳妇，人又比较老实，老蒯托人问了问，王长贵也愿意娶老蒯。可是，二人还没等见面，老蒯就出事了。

老吴死前，留下了一间房子，老吴的兄弟们听说老蒯要改嫁，马上提出来这间房子要还给老吴家。老蒯一想，老吴活着的时候净打她了，临死，连个房子都留不下。老蒯到处去骂这些兄弟，后来骂得不解气，她干脆一把火就把房子点着了。

大火惊动了闹枝沟生产队，也惊动了警察。大家纷纷来救火，老蒯一看这阵式，知道自己惹了大祸。她把衣服脱得精光，赤身裸体站在火堆前。过了一会儿，见没人理她，她又把一个长长的烟袋夹在裆里，在救火的人群中来回穿行，嘴里还不断地说着什么。火势太大了，人们忙着救火，至于她骂什么还是说什么？并没有人听，也没有人在意。

在山区，每年都有采错蘑菇吃死人的事情发生，但这从来没有阻挡人们上山采山货的脚步。采山货的农民们知道，每一种能吃能换钱的山货，都伴有一种和它们长得很接近的有毒的物种。世界就是如此奇怪，生与死，看似截然相反，却又无比接近。

老蒯的即兴表演，并没改变她被抓的命运，这一场大火，让老蒯失去了三年的自由。老蒯进监狱后，她的两个孩子只能在亲属家轮流寄养，很快她最心疼的小儿子因为得病，没得到及时的治疗，离开了人世。老蒯因此又失去了未来的依靠。

3

人参场的生产规模逐渐扩大，1966年人参场全部迁至东升村的小龙爪沟里。一个原本并没有几户人家的小山沟一下子热闹起来，人参场建起了气派的大厂房，社员们在这里盖起了泥草房，越来越多的劳动力向这里聚集。

李廷梅的母亲在丈夫去世后就患了肺结核，日子过得趔趔巴巴。家里大一点儿的男孩儿早早地就要到参场干活儿，小一点儿的可以上两年学再去。李廷梅每天要给母亲刮痰，然后给上班和上学的哥哥们做饭，抽空，她还要到山里采些山货卖了换学费。虽然这时候，中央彻底纠正了"一平二调"，允许社员经营少量的自留地和家庭副业，但农村的日子仍然不好过，李廷梅家依然穷得叮当响。李廷梅穿的棉裤都是哥哥们穿剩下的，裤子磨得铮亮也没的换，自然也不敢洗，一洗一搓就破了。哥哥穿剩的棉鞋还露着窟窿呢，她的大脚趾就淘气地露在外边。让她最害怕的并不是天冷冻脚，而是同学们的嘲笑。所以，每次她站在人群里时，总是用一只脚踩在另一只脚上，以掩盖那只淘气的脚趾。

当然，贫穷并未剥夺这个小山沟里的快乐。贫穷的年代，让这个小山沟里的人紧紧地依偎在一起。山沟里的孩子们把劳作和玩耍混淆在一起。夏天，他们一起种地，一起在河里摸鱼；冬天，他们一起到山上伐木，再用爬犁将那些木材运回家。陡峭的山坡，给他们带来了刺激和兴奋，那些稚嫩的身躯和幼小的心灵趴在爬犁上，从高高的山坡上直冲下来，尖叫声和呼喊声响彻了整个小山沟。

孩子们最盼望的，就是端午节。这一天，参场放假，大人和孩子们都扛着镐头带着鸡蛋、粽子去深山里刨山参、细参。平时，每家的鸡蛋都要攒着，以六分钱的价格卖了，换孩子们的学费。一年当中，也只有这一天，鸡蛋是放开吃的。

自从父亲死后，李廷梅所受的宠爱就无影无踪了。她再也不是那个可以被挑在筐里、被扛在肩上、被父亲举过头顶、骑在父亲脖子上回家的孩子了。她和哥哥们一样，需要到地里干活儿，不仅如此，她还要把家里的家务做好。上学和不上学，在李廷梅母亲看来，也并没有任何区别。农民嘛，就是种地的命，农民的孩子也是种地的命，而对于种地，识字不识字，又有什么区别呢！

李廷梅想识字、想上学，她不想一辈子在这土坷垃里活着，她想要去城里过生活。她父亲活着的时候告诉李廷梅，只有读书才能走出这大山，李廷梅记住了。所以她拼命地攒钱，终于攒够了自己的学费，读了一年级。因为她比同学们大三岁，所以接受新知识比较快，老师一直很喜欢她，李廷梅在学校里，找到了快乐和自信。李廷梅磕磕绊绊上了两年学，第三年快开学的时候，她刚刚攒够学费，家里突然来了探亲的亲属，因为没有回去的路费，母亲只能商量李廷梅把学费借给她。李廷梅流着眼泪把钱拿了出来，这金贵的学费啊，她生怕丢了或者折了，一张一张铺得平平整整，外面还包着好几层破布。

还有几天就开学了，李廷梅的学费没了着落。她想到会计孙吉业家去想点儿办法。孙吉业是龙爪沟的第一户，也是第一大户，是见过世面的人，他一定会支持她上学的。在李廷梅的印象里，孙吉业是第一个也是唯一一个讲究科学种田的人。每年秋天，他带着孩子们把各种粪便搅拌上土，在房角晾晒，弄得几里地以外都能闻到难闻的臭味。春天来了，他带着孩子们，用手把粪施到庄稼根部。这种方式叫手把粪，是孩子们最讨厌的劳动，但却可以使那些庄稼长得格外好。孙吉业家的猪圈，一年换一次地方，从房东头一直换到老远的半山腰，这样，不仅猪生活环境干净，猪圈倒出的地方，又是一片肥沃的土地。

李廷梅和孙吉业的大儿子孙振凯是同学，他比李廷梅小两岁，两人一起读书时，孙振凯方格本上的字，总是正写一个倒写一个，歪歪扭扭写一堆，显得很傻气。李廷梅常常嘲笑他不分倒正，但李廷梅不得不承认，孙振凯家重视教育，他在学习用品上总是显得很充足，不像李廷梅，因为买不起新本子，正面用完用反面，两面用完，再用橡皮擦了重新写。

李廷梅到孙吉业家的时候，孙振凯和他的弟弟妹妹整整齐齐地站成一排，孙吉业正在给他们发放学费和作业本费。

"说说你们都需要几个本子？"孙吉业问。

老大先说，两个。老二、老三都跟着老大说两个。孙吉业给孩子们发完钱，又讲了几句鼓励的话。李廷梅在窗外看到这一幕时，眼泪簌簌地掉下来，她不仅仅是羡慕，更多的是心酸，如果她的父亲还在，她是不是就不用每年因为解决不了学费而面临退学，如果她的父亲还在，她是不是也会像孙振凯一样，每年开学前，排好队等着发书本费呢。李廷梅最终没有走进孙吉业家，她默默回家了。她的命运就这样被定型了。她再也没去上学，她的学习生涯就在读完小学二年级之后戛然而止。她幼小的心灵第一次感觉到，每个人的命运是不一样的，人是没有办法和命运争的。

4

龙爪沟越来越富裕了，人参场从建场时只有四间草房的办公室，发展到有三十七间土瓦房。办公室、会议室以及仓库等等样样俱全。为解决人参场职工吃饭问题，场里还建了一座粮米加工厂。四面八方的人来龙爪沟落户，越来越多的外地姑娘嫁进了龙爪沟。

这个时候的婚礼很简单。单身的劳力都挤在一个长长的火炕上住，谁结婚了，就在火炕上方挂起一个床单子，把一对儿新人和这些单身汉用一层布隔离开来。没有什么像样的酒席，洞房自然也是闹不得了。

新婚之夜，整铺炕上的人都处于失眠状态。新娘、新郎实在是不敢出一点点儿声，那块用来遮挡的薄薄的床单，在这一夜显得更不顶用了，它的存在反而对其他单身汉们构成了无法回避的诱惑。那块床单后的新人，像一句咒，越是不敢想，无数种可能的画面就越是在头脑里摇晃，像刮不断的热风，吹拂和折磨着那些年轻的心。

参场的干部们很快发现这是个大问题，他们赶紧为那些还没来得及盖房的新人们在生产队的社员家借了房子。一时间，队员们平时用来招待客人的窄窄的小火炕就成了新人们借居的洞房。虽然也是挡块床单子，但总比和一群小伙子睡在一个炕上更放松些。

很快，龙爪沟就有了九十二户，三百多人。龙爪沟开始大兴土木，盖起了好多小泥草房。社员们先是小范围地互相帮忙砌墙，等上梁那天，几乎所有的社员都会来帮忙，房主把一桶一桶的大楂子粥抬到劳动现场，再做一锅炖菜招待大家。

不久，龙爪沟的人口达到了峰值，龙爪沟开始限制劳动力涌入，因为这里的土地有限，人参场不能提供更多的岗位给这些劳动力了。

转眼，我大舅大李子就到了婚配的年纪。李家并不富裕，大李子要娶妻，只能托山东老家的亲戚们给说一房媳妇。大李子第一眼看到王长美就相中了。王长美的父亲是村里的一个小干部，抗美援朝征兵时是宣传员，顺口溜编得一套套的，号召大家参军打仗。于是，有人就质问他，为啥他自己不去呢？

王长美的父亲想想也对，自己应该做个表率，不能"瘸子打围——坐着喊"啊，于是二话没说就报名参了军，扔下了瞎眼的老父亲和三个儿女。王长美的父亲走后，家里的粮食都给瞎眼的爷爷吃，姐弟三个靠要饭讨生活。听说大李子在人参场干活儿，想必那一定是吃"红本本"的工人，王长美是饿怕了，只要能吃上供应粮，嫁个啥人都值得。就这样，王长美一分礼钱没要，就跟着大李子回到了龙爪沟。

　　迎娶新娘那天，李家在参场借了两头精神头比较好的大黄牛套了爬犁，在村口等着。大李子带着王长美从通化走了一百多里路才到龙爪沟。新娘子坐上了牛爬犁在小山沟里绕一圈，一帮淘气的小孩子边跟着爬犁跑，边起哄，有些小孩儿恶作剧，在路上放点儿木块、石头块，让牛爬犁颠簸，看着新娘子在车上摇摇晃晃的，孩子们在车后边哄笑。

　　大李子的结婚仪式就在家门口的院子里举行。墙上挂一张毛主席画像，画像前放一张桌子，桌上放了瓜子、花生。新郎、新娘双双对着毛主席像站立。参场的干部作为主婚人站在桌子一边，大李子的母亲在桌子另一边。主婚人宣布婚礼开始后，新郎新娘向毛主席像三鞠躬。接着，就是新郎新娘念毛主席语录，把毛主席语录翻到第156页。最高指示："发扬勇敢战斗，不怕牺牲，不怕疲劳和连续作战的作风。"此时，一群等在前排的小孩子早就挤到了桌子前，十几双眼睛齐刷刷地盯着瓜子和花生。婚礼一宣布结束，孩子们一哄而上，"贡品"立刻被抢个精光，连桌子也被挤翻了。

　　婚礼并没有婚宴，只给一对新人煮了小楂子粥，炖了一盘

大李子已经去世多年，孩子们多半去了山东，大李子媳妇也跟了过去，日子过得和和美美。这一所，是大李子的大儿子李明祥的旧居。他们搬走以后，房子没卖出去，就一直这样空着，邻居们在里边放些杂物。这几年，李明祥也渐渐上了岁数，常想着在龙爪沟度过的那些日子，所以，总是拜托还在沟里的人，拍些老房子的照片发给他看看。

刀鱼。一对新人的新房里，床单已经洗掉了色，被子和枕头虽然是新的，但是枕头也只有一个。王长美进了龙爪沟之后才明白，她并没有嫁给一个工人，她仅仅是从一个农村，嫁到了另一个农村，她终究是没有得到那个梦寐以求的"红本本"。

一年后，他们的大儿子李明祥出生了。第三年，又生了女儿李明花，接着就是李明福、李明艳、李明国。在龙爪沟，女人的主要任务除了下地干活儿，就是生孩子，孩子生得越多越说明女人是块"福地"。

王长美嫁过来以后，就再也没回娘家。一晃十年过去了，王长美突然接到山东的来信，信上说，她娘病了，怕是活不了多久了，让王长美回家一趟，她娘想见她最后一面。王长美接到娘的信，就哭了。

可是，回一趟山东，太难了。最难解决的还不是坐车的问题，而是这一路上吃啥呀？大李子这一生出过最远的远门就是从黑龙江搬到龙爪沟那次，母亲临行前烀了好几锅大饼子，父亲用挑杂物的筐一路挑着，哪个孩子饿了，哪个孩子就先吃一口。

可是，从东北到山东，跨了几个省，路上需要全国粮票。那么金贵的东西，一个老农民可上哪儿去弄啊？大李子愁得一句话也不说，一声接一声地叹气。王长美就坐在炕沿上掉眼泪，抱怨着这些年嫁到东北来，连一次家也回不上，连娘的最后一面恐怕也见不上了。

第三天，大李子实在没招儿了，硬着头皮去了会计孙吉业家。那时候，中国实行计划经济，农村户口的农民吃的是农业粮，本来发的粮票很有限，更难见到全国粮票。这时，大李子想到了孙吉业，因为他是人参场的会计，有人脉，有路子，又和城镇上的人或多或少有些来往，兴许就能有点儿全国粮票。

　　大李子找到孙吉业的时候，孙吉业手里还真有十几斤地方粮票，这还是年前他用双倍的粮食从城里人手里换来的。可是，这地方粮票，只能在吉林省用，一出省，人家就不认了，和废纸没有了区别。大李子求孙吉业想办法给他换点儿全国通用粮票，媳妇到了山东省后，离回家还有一段路程呢！孙吉业虽然应下了，但心里也没底，毕竟这事太难太难了。

　　一周过去了，孙吉业仍然没有弄到全国通用粮票。大李子急得要死，可就是走不成，一个能走能跳的大活人，到了关键的时刻，竟被一张咒符一样的小纸条，死死地压在地上，动弹不得。两周过去了，孙吉业还是没弄到全国粮票，大李子和媳妇也不用回去了，因为媳妇的娘家来信了，她娘已经不在人世了。

5

　　老蒯出狱后，把女儿吴华从亲属家接了回来。龙爪沟的王长贵依然是光棍儿，他也不在意老蒯有什么样的历史，他只是单纯地想要个媳妇有个伴儿，而老蒯也仅仅是想有一个生活的保障而已。

　　老蒯来了以后，王长贵就找人参场的劳力们帮忙盖了一间小草房，过起了自己的小日子。三年的牢狱似乎并没改变什么，老蒯依旧是满嘴胡说、造谣、挑拨、到处生事。后来，大家都知道她"满嘴跑火车"的习惯，也就不信她了，还给她起了一个绰号——"老诌"。

王长贵对老蒯很好，舍不得打她，也不骂她，老蒯却越发张狂起来。一点儿不顺心就骂王长贵，后来竟然和王长贵动起手来，常常把王长贵打得抱头鼠窜。有时候，她追着王长贵打，王长贵无处可躲，就躲进猪圈里待上半天。

没过几年，王长贵被老蒯彻底打服了。他见到老蒯心就发毛，他和人参场的领导申请，让他回场部住，把房子留给老蒯和老蒯的女儿。当初，迎娶老蒯的时候，也没办什么结婚手续，两卷铺盖往一铺火炕上一放，俩人就睡在了一起。分开，自然也不需要什么繁琐的手续，两卷铺盖，卷走一铺就好。在龙爪沟，乡亲们的认证，比那大红印章更管用。

老蒯的最后一段姻缘，终以王长贵的"净身出户"而宣告结束。王长贵也尝到了有老婆的滋味。事实证明，这段婚姻并没给他带来什么幸福，到了，还是不如自己打光棍儿自在。而老蒯又一次失去了男人、丢了她苦苦寻找的保障。

老蒯老了，没人肯要了。可是这个家，需要个男人。唯一的办法就是招一个养老姑爷。老蒯不傻，她知道，凭自己的口碑，在本沟里嫁女儿有些困难，于是就托人去外地招姑爷。

赵思是柳河县人，浓眉大眼，身体壮实。介绍人把他带到龙爪沟时，老蒯和吴华都很满意。赵思对吴华的背景略知一二，但只要身体好，能干活儿，其他方面赵思并不介意。而最吸引赵思的，是当年人参场有规定，凡是嫁到场里的女人或是入赘场里的男子，都可以到人参场工作。

一桩婚事，就这么简单地成了。

吴华果真能干，比龙爪沟里任何一头大黄牛都任劳任怨。喂猪、放牛、种地、做饭，干完地里的活儿，再干家里的。媳妇的能干却把丈夫惯得一身毛病，赵思的日子过得舒坦而任性，心情好时就干点儿活儿，心里不顺，就啥也不干，等吃等喝。

然而，赵思在外面，能干的名声却很大，一个人能顶得上三个人，但只限于在参场劳动或帮邻居们干活儿。似乎他的一身力气只是为了贡献给邻居。

有了养老姑爷，老蒯就不愁老了以后的事了。她还是老样子，走东家串西家，有时候也编排新姑爷的不是。好心的人常常劝老蒯，这回做老人了，要收敛收敛自己的习性，一是给孩子们做个榜样，二是和新姑爷好好相处，老了才会得到好的照顾。老蒯可不信这一套，张嘴就骂新姑爷是个"秧子"。她说，要是新姑爷不听话，她有一万种方式修理他，就像他当年修理王长贵一样。

老蒯用拳脚征服了最后一任男人后，总结出了一套生活经验：在一个家庭里，不是这方压倒那方，就是那方压倒这方。所以，她在赵思刚入赘的日子里，是断然不会低头的，甚至有时候还会特意挑点儿毛病，小小挑衅一下。

没过多久，赵思就开始训斥老蒯。

每次赵思训斥她，她就会破口大骂，骂得邻里皆知："你这牲口养的，等我尿尿滋你脸上……""你敢和我动手，我就去告你，告你强奸我。"……老蒯骂赵思的话，很快就在龙爪沟传遍了。以至于很多年过去了，老蒯死了，吴华死了，老蒯光着身子、散乱着头发骂人的形象和她的这些话，还深深地印在人们的记忆里。这些，仿佛已经成为老蒯的一张又一张鲜明的标签。

很快，老蒯又回归到当年挨打的日子了。只是这一次，打她的不是她的男人，而是她女儿的男人。

人们已经记不起赵思是从什么时候开始打老蒯的了。人们只记得老蒯被打后的样子。

一次，赵思回家发现狗在水田里撒欢，把待收的水稻扑倒了一大片。赵思推门一看，老蒯已经从地里回来了，不问三七二十一，一把揪住她头发，飞起一脚把老蒯踹倒在地。倒地的老蒯长期在拳脚下生存，早已练就了一身本事，爬起来就跑，边跑边骂："牲口养的，你早晚遭报应，等我尿尿滋你脸上，让你一辈子喝我的尿……"

老蒯逃跑的技术越来越高，赵思追出门的时候，老蒯已经不见踪影。赵思望了望附近的几条小路，没有一个人影，估算着她不会跑太远，肯定就躲在房前屋后。赵思十分警觉地排查了苞米囤子、狗窝、牛圈之后，断定老蒯就藏在那堆玉米秆堆里。

的确，老蒯确确实实就藏在玉米秆堆里，这是她这个秋天里唯一没有藏过的地方。她寻着一条小缝儿，钻进玉米秆堆，又把一捆玉米秆压到缝儿上，这样一个完好的玉米秆堆就不会那么引人注意。谁又会想到，这个密密实实的玉米秆堆里，能藏下一个人呢？

　　只要老蒯能想到，赵思就能想到。他就如同是上天特意派来的克星一样，他用另一种方式了解老蒯，用另一种方式让老蒯活着的时候，就感知了什么是地狱。

　　赵思顺手捡起一个刚刚割倒的玉米秆儿，被镰刀割断的茬口如同一把锋利的剑。赵思就这样手持"利剑"，一"剑"一"剑"向玉米堆深处刺去。老蒯眼看着自己的身体要被刺中，却不敢声张，在玉米秆堆里一动不动。终于，赵思成功了，他拔出玉米秆儿时，看到玉米秆儿最尖锐的地方，带着鲜艳的红。这是老蒯的血，这血让赵思感到兴奋。

　　老蒯被刺中了，一个"高儿"从玉米秆堆里蹿了出来，血，从她那干瘪的身体里流了下来。"牲口养的，你早晚遭报应，等我尿尿滋你一脸，让你一辈子喝我的尿，让你这下贱货，下地狱……"老蒯边骂边跑，赵思手持玉米秆儿在后边追，一米多高的篱笆墙，老蒯双手向上一搭，起身一跃就翻了过去。赵思身型庞大，只能从门绕过去追她。等赵思从门里出来，老蒯早已经不见了。

　　不管老蒯挨打的时候，跑得多快，跑得多远，晚上，她总是要回家的，回到赵思的身边。因为离开了这个养老姑爷，老蒯的土地就没有人伺候，老蒯的未来就更加吉凶难测。

这一堆堆没有规则的玉米堆，曾是孩子们躲猫猫的乐园，是鸟儿啄食的去处，是饥饿的牛羊打牙祭的地方。谁也不会想到，这也曾是老蒯遮掩她干瘪身体的地方。但就连老蒯也没有想到，这些看起来能保护她的玉米秆儿，有时候也会变成一把血淋淋的利剑。

6

龙爪沟是讲究"踩生"的：孩子一出世，谁第一个看到孩子，孩子长大后就会像谁。所以，产妇生孩子，都会提前请一些长得美、有力气、智商高的人来踩生。吴华生柱子之前，赵思托人找到孙吉业家，希望孙吉业的女儿孙振荣来踩生。

孙振荣还是个姑娘家，个头儿高、长得也出众，水灵灵的眼睛，一眨一个心眼儿，最重要的是，她在通化卫校上学，将来能有出息。赵思和吴华一辈子没上过学，没离开过农村，但他们希望柱子将来能上学，能离开农村，要是能在城里谋个一官半职那就更好了。

谁也没想到，赵思的孩子一落地，老蒯不知从哪里忽然就冒了出来，就像是从地缝儿里钻出来，或是从空气里变出来的一样，一把把柱子接过来，抱在怀里又是亲又是啃。等赵思进屋看到这一幕的时候，两眼溜直，傻在那里了。他中了老蒯的蛊，一辈子也摆脱不了，就像老蒯那一泡尿，虽然老蒯根本没有能力把尿尿到赵思的脸上，但这泡尿，早就尿进了赵思的心里和命里，随着岁月的风吹日晒，这泡尿发酵、挥发，让老蒯的气味伴随了赵思的一生，挥之不去。

吴华的奶水太好了，无论山上的活儿有多累，吃得有多么不好，都无法影响她的奶水。柱子吃奶前，吴华坐在炕沿上用两手在奶子上一挤，如同扣动了水枪的扳机一样，每一只奶子都有一个难以想象的射程。柱子吃头几口奶的时候，总是呛得哇哇哭。被呛到的柱子，一怒之下就不再找奶头了，闭着眼睛使劲儿地号，啥时候号累了，啥时候就饿着肚子睡着了。

吴华了解了柱子的脾气，每次喂奶前，先把两个奶子对准地面一顿挤，白花花的奶水就射到了地上。两只赖猫寻到了规律，一到柱子吃奶的时间，它们赶紧跑进来，蹲在地上等着舔舐落地的奶水。这给了吴华提示，奶水扔了也是扔了，不如喂猫喂狗。照例，柱子吃奶前，先把多余的挤在小碗里，猫一顿狗一顿轮流吃。龙爪沟沟里的老孙太太来串门，看到狗食钵子里的奶水还泛着油花儿，心疼得直咂舌："哎呀这遭天谴的，这么好的奶，怎么就喂了狗了呢？"吴华正在屋里奶柱子，老孙太太看着那个眼馋呀："你瞅瞅，你瞅瞅，这奶好多啊，像大牲口的一样。"老孙太太的大儿媳妇刚生了孩子，奶还没来。她是特意来吴华这儿求奶的。吴华倒也毫不吝啬，上沟里给老孙太太奶了三天孙子。在龙爪沟，很多和柱子差不多大的孩子，基本都吃过吴华的奶。

柱子出生后，赵思下了死命令，不准老蒯上桌吃饭。他看到老蒯的样子就恶心，他说他总是感觉老蒯身上有一股尿味。当然，这尿，不是尿在他身上的尿，而是人老了夹不住尿的尿。老蒯白天上山干活儿，晚上就被赶到走廊拐角的一铺小小的火炕上，吴华怕她冷，给她挡了一块黑帘子，老蒯干瘪的身体就蜷居在小小的火炕上，如同一具风干的木乃伊。

老蒯越来越老了，老得门前的老树都在替她掉叶子，老得一走路好像浑身都掉渣儿，老得吃饭慢吞吞，迎风走路淌眼泪，特别是来尿的时候，总有一半尿是尿在裤筒子里的。只有在赵思拎起棍棒时，老蒯的身体才好像一下子被激活了一样，所有的老态一扫而光，又能骂又能跑。

龙爪沟的人似乎忘记了她年轻时做的那些事，就连被她打得抱头鼠窜、不得不净身出户以摆脱折磨的王长贵，都多次向她伸出了援助之手。

老蒯白天在山上干活儿，累得浑身疼，晚上到家，间或还要挨上一顿打。有好几次，在寒冷的冬天，老蒯是光着身子跑出来的，她说是赵思把她扒得精光，然后吊在房梁上打。对于老蒯的秉性大家是了解的，本来，她的话多数是不必信，也不敢信的，但是老蒯确确实实在大冷天里光溜溜地就站在了人们面前，又让大家不得不信。

王长贵最终还是动了恻隐之心，常常给老蒯留门，一旦她挨打没处可躲，就到王长贵那儿住一夜，向他要两片去痛片。人们常常嘲笑老王，或开老王的玩笑，常"意味深长"地问老王，老蒯昨夜怎么样啊。王长贵知道这话中有话，而且也不是什么好话，但还是很认真地答：老蒯真是遭了大罪，每天晚上吃两片去痛片才能睡，睡到半夜也会疼醒。人们见他所答非所问，便进一步追问。王长贵被逼得没办法，只得含糊其辞地说，早都过去了，早都过去了，这买去痛片的钱得管赵思要啊！

这话虽是玩笑，却不知哪个好事者，将其传到了赵思那里。有一天，赵思果真去王长贵家，送了一联去痛片。王长贵也丈二和尚摸不着头脑，但因为不敢惹他，连客气推辞一下都没敢，就收下了。

在老蒯挨打的事儿上，舆论态度极其统一，无论如何，作为晚辈，作为姑爷，也是不能动手打老人的！可是谁愿意掺和老蒯家的事儿呢？在人们心里，老蒯家已经脱离了正常人的伦理，甚至说，他家的事情很难被称之为"人事"了。

对于老蒯的问题，人参场的领导协调过多次，都没起到任何作用。后来，场子里答应给老蒯找一间房子，让她单独出去过日子，每个月赵思付给她生活费，由人参场负责监督。赵思倒是愿意，只要让老蒯离他远点儿。只是老蒯死都不肯离开赵思的家，她说，她不能离开这儿，她离不开她的柱子，她更不能离开赵思。赵思是他招来的养老姑爷，她离开了这个姑爷，谁来养她的老，谁给她摔那个送终的盆子呢？

老蒯瘫痪后，嘴也就老实多了，赵思也停止了对她的暴力。一次，吴华到街里加工粮食，和她的同伴说，她娘看起来是好不了了，或许就是这几天的事儿。她说，走了也好，不用再活受罪。吴华说起她娘的时候，总是很平淡，好像在说一个和她并没有一点儿血缘关系的人。

柱子十八岁那年，老蒯终于走了。她咽气那晚，雪下得很大，大雪封了龙爪沟的路。老蒯没能被火化，直接被装进棺材埋到腰岭子。龙爪沟的人送了她最后一程，并在私底下议论着：老蒯终于享福了。可是，赵思并没有给死去的老蒯摔那个送终的盆子，他心里恨她，恨她给柱子踩生，恨她一辈子都挂在嘴上的"那泡尿"。"那泡尿"就实实在在地膈了他一辈子，如同一个

这是农村、农民的专属动作，我被瞬间拉回了二十年前。恍如隔世，又在眼前。

囚笼，一个魔咒。可是，谁不是生存在囚笼当中呢？老蒯不更是一个可悲的囚徒吗？她的一生都被"老无所依、老无所养"的恐惧所囚困。

7

转眼，李廷梅已经出落成大姑娘了，风风火火的性格，让她被选为女民兵队长，每天带领着社员们进行训练，也在地头上给队员们读报纸、读《西游记》。小学二年级的文化，让她常常断错句、认错字。她向老同学孙振凯借了大字典，天天背着。不知道从何时起，这本大字典里就夹带了小纸条儿，爱情也就从这一借一还中滋生了。

爱情，是个奇怪的东西，它总是让人紧张又让人渴望。李廷梅在组织民兵们训练时，总希望孙振凯会打这儿经过。可是当孙振凯真从她的民兵队经过时，李廷梅一下子就失去了往日的威风，她的心突突突跳个不停，口号也不再那么响亮，她甚至会低下她一直那么骄傲的头，直到他走出很远很远……

爱，如同一把火，一束光，无论在哪一个年代，无论你怎么压抑，只要它燃烧起来，终究会被身边的人发觉。最先发觉这个秘密的是孙振凯的大妹妹孙振英，她和李廷梅是好朋友，两个人一起到山上打柴，哥哥孙振凯总是很快就来了，而且哥哥总是偏心地帮助李廷梅。很快李廷梅的三哥也发现了苗头……

有时候，曝光对于两个相爱的人来说，并不是坏事。很快，两家人托了媒人订了婚。

孙振凯刚订婚不久，全国恢复高考的消息就传到龙爪沟。孙吉业第一个坐不住了。考！都去考学去，考上大学就变成城市人口了呀！考学就是第二次投胎，就是重生！

孙吉业告诉孩子们，城市和农村，完全是两个世界，市民和农民，完全是跑在两股道上的两种车。城里人，享受各种各样的劳保待遇，从公费医疗到退职后的养老，乃至伤残后的救济金以及死后的丧葬费、抚恤金……除了这些，城市人口还无一遗漏地长年享有名目繁多的各种补贴，从业人员还享有单位无偿提供的住宅。总之，城里人一落地，就受到特别的呵护，吃、喝、拉、撒、睡、生、老、病、死、葬，样样都被国家包揽了下来。

谁不想进城，谁不想成为城里人呢？可是咱们国家有六亿多人口啊，耕地才仅仅十六亿亩，人多地少，没有农民种地，全国人民吃什么啊？只有把农民死死地捆绑在土地上，让他们老老实实、认认真真地种粮食，全国人民才能不挨饿，社会才能稳定，国家才能发展啊！所以，那么多年，为了不让农民涌入城市，为了把农民固定在土地上生产粮食，国家出台了一系列政策法规，堵死了农民进城的一切通道。

恢复高考，就像一束耀眼的光，照进了农村，照进了这个偏僻的小山沟。对于农民的孩子来说，高考，就是一次重新投胎的机会，一生，仅有这一个机会，让他们把这农村户口变成非农户口，让一个农民的儿子有机会不再做农民。

一想到孩子们有机会离开农村了，孙吉业高兴得竟然掉了眼

铡牛草是我和弟弟的"必修课"。小时候，我们负责续草，母亲负责铡。我们把水稻或者玉米的秸秆放在铡刀下，母亲握住铡刀柄往下一压，咔嚓，咔嚓，秸秆就变成了短短的一节一节的。铡牛草其实很无聊，整整一个上午就重复那一个动作。母亲在这个时候会给我们讲很长很长的故事，从她小时候一直讲到现在。

泪！孙吉业一高兴可不得了，他一下子请了二十多个好朋友回家吃饺子，妻子沈桂兰攒了一年的面呀，这一顿，全"造"了，但谁也不知道，孙吉业到底因为什么事儿那么兴奋。

第二天，孙吉业开了家庭会议，够岁数参加高考的孩子都要在家复习，任何农活儿都不用干，包括做饭、喂猪、打扫房间，只要好好在家学习就好。家里小一点儿的孩子还在上小学或者初中，只有孙振凯和孙振英正好可以参加高考。孙振凯和孙振英也是家里唯一可以干活儿的劳力，他俩一起考学，所有的农活儿都落在孙吉业老两口身上。

孙吉业不怕苦，只要孩子们能考学，吃再多苦，他的心里都是甜的。孙吉业的身子比较单薄，白天，他一个人吃力地拉着犁在田里翻地，妻子沈桂兰在后边扶着犁。晚上，两个人累得浑身疼。孙振凯实在不忍心，提出要下地干点儿活儿，却被孙吉业狠狠训斥了一顿。那么讲究科学种田的孙吉业，在这一年里，竟然因为劳动力不足而误了种地的节气。本来，孙吉业的田就种晚了，再加上大旱，搞不好就会颗粒无收。为了保住这个收成，孙吉业和沈桂兰从很远的地方一桶一桶地挑水抗旱，也舍不得打扰两个正在备考的孩子。也正是这一次抗旱，沈桂兰的腰严重受损，坐下了腰疼的病，一辈子也没治好。

8

那一年，孙振凯考上了抚松师范学校，而妹妹孙振英失去了这次"重生"的机会，不幸落榜了，她依然要做一辈子的农民。

　　孙振凯要去外地读书了，这个消息对李廷梅来说，并不是什么好事。他们的婚期要推迟了，这一推，至少两年。两年过后，孙振凯就变成一个城里人了，持城市户口吃商品粮，而李廷梅还要在农村，持农村户口吃农业粮。两年过后，二人的差距悬殊，这段姻缘会不会有变故？两年后，如果再生变故，李廷梅就二十七岁了，二十七岁的老姑娘怕是嫁不掉了。

　　李廷梅一家人的担心，孙家自然也想得到。毕竟，城里和农村差距太大了，城里人和农村人差距就更大了。孙振凯开学的前一个月，关于他与李廷梅的婚事，沈桂兰和他深谈了一次。孙振凯很坚决地告诉母亲："放心吧，我要她。"为了让李廷梅放心，孙振凯在临走时，用那个年代特有的方式，含蓄地表达了这层意思，虽然没有说破，但李廷梅懂了。

　　孙振凯走后，李廷梅第一次品尝到了牵肠挂肚的滋味。担心他吃不好，担心他穿不暖，担心他处理不好与同学的关系，担心他的一切。虽然大家都为李廷梅的婚事担心，但李廷梅还是一心一意支持孙振凯上学，就算他走了就永远不回来了，就算为此她搭上了一辈子的幸福，李廷梅还是要支持他上学。上学，是一个农民与命运抗争的唯一途径。李廷梅每个月上二十六天班，工资二十六块钱，她把六块钱留下买一些卫生纸之类的女生用品，剩下的二十元，全都寄给孙振凯。

　　从前，李廷梅的工资是要拿回家过日子的，突然把钱都寄走，李廷梅必须和哥哥们商量，特别是要和嫂子们打招呼。李廷

母亲养过很多次鸡，她说，养鸡比种地来钱更快。她第一次养鸡是为了给自己上学凑学费，第二次是为了每个月多给上学的父亲寄点儿钱，以免他在学校吃苦。每次母亲讲起那些陈年旧事，都让我对爱情充满敬意。

梅先和三哥四哥商量，李廷梅说："你们权当我是个男人，我像男人一样干活儿，像男人一样给家里挣钱，那么，我现在也要像男人一样，供他上学，我不能让他在外面受罪。"三哥四哥很惊讶，但一想妹妹也大了，有了自己的主见就依从了她。

可是，第一个月李廷梅没有按时向家里交钱，李廷梅的嫂子就发怒了。当她听说钱都寄给了孙振凯，更是气不打一处来，一场家庭战争当即爆发。嫂子发疯一样砸了家里的东西，连水缸里那把木瓢都砸碎了。李廷梅是个牛脾气，打定主意的事儿，从来不会让步或者退缩。既然这个家容不得她，她就只好立刻离开这个家，离开人参场，去别处找工作。

李廷梅到镇里打听工作时，被三哥叫了回来。人参场的领导也出面协调，采取了一个折中的办法，李廷梅可以继续给孙振凯寄钱，但不是二十元，而是寄十元，剩余的钱交到家里做为生活费。最后，李廷梅和嫂子都接受了这个办法，但为此，李廷梅在家里失去了原有的地位。

有时候，李廷梅很想去看看孙振凯在学校里过得怎么样。可是，她没有办法离开这土地半步。她自己也说不清，为什么会走不了，走不动，到底是什么将她的双脚死死地拴在这片土地上。有很多深奥的东西，李廷梅不敢想，一想，心里就生出了莫名的恐惧。她真的害怕，害怕眼前和未来的一切。

两年很快过去了，作为学校的高材生，毕业前，班主任对孙振凯说，留在抚松吧，当地的学校你随便挑。孙振凯一根接一根地抽烟，一根接一根的"茉莉"牌香烟把那个夜熏得更加烟雾缭绕。第二天，孙振凯把自己在农村订过婚的事，如实告诉了老师。班主任大吃一惊，但他坚决不同意他回乡。以孙振凯的语文功底和悟性，在县城很快就会崭露头角，一定会有一番作为，如果一旦回到那个偏僻的农村，再娶上一个农民媳妇，怕是会后悔终身。

"再回去想想吧！无论是工作还是婚姻，都是人生的大事，绝不能感情用事。"班主任提前给孙振凯放了一周的假。

孙振凯回龙爪沟并没有提前通知李廷梅，也没去李廷梅家看她，他的内心无比矛盾和痛苦。两年的学校生活，让他真真切切感受到了城市的好，也真真切切感受到农村和城市的天壤之别。

孙振凯一踏进村口，李廷梅就得到了消息。那晚，李廷梅把家收拾得干干净净，等着孙振凯来看她。可是，孙振凯并没有来。第二天，李廷梅一到参场，就有人打趣儿她："你想的那个人儿回来了吧？"李廷梅不好回答，也不作声，心里暗暗生气。这一天，李廷梅仍没等到孙振凯。

第三天，李廷梅已经由生气变成伤心。她无精打采地在队里干活儿。吴华悄悄地问："他还没来呀？""嗯！"李廷梅的眼泪在眼眶里打转儿。"你得留个心眼儿呀！上过学的人就变成城里人了，哪一个上了学的人还会回农村？我听说，很多上学的人，毕了业在城里有了工作，就回家把以前订的婚事退掉了。闹枝沟村就有好几个这样的事儿呢？都变成老姑娘了，嫁都嫁不出去喽。"

吴华的话，如当头一棒，让李廷梅更加心神不宁。虽然当初她做了最坏的打算，但这一天可能来临的时候，她还是没有办法接受。她和人参场领导请假回家了。孙振凯送给她的格子手绢，她一个都没舍得用，好好地藏在柜子里，她找出来，看了一遍又一遍。她苦苦等了两年的人，她舍得放手吗？她把孙振凯这些年给她写过的信全都找出来仔仔细细看了一遍又一遍。那是用毛笔写的小楷，字迹隽永，虽然信里写的都是对国家大事的分析和他自己的决心，并没有什么你情我爱的黏腻言辞，但李廷梅的眼泪还是大滴大滴地落在纸上，黑色的墨迹很快晕染了整个信纸。

　　她一次一次地问自己，这样一个有才华、有雄心壮志的人，她真舍得让他为了自己放弃城市生活，回到这该死的土地上吗？两年来，她宁可和嫂子们打架、分家，也要把工资寄给他，支持他读书，让他能成为这山沟里第一只飞进城的金凤凰。如今，他长出了翅膀，他能飞了，她就忍心一刀剪断他飞翔的翅膀吗？李廷梅从来也没有像那天那样矛盾和痛苦。这矛盾和痛苦，很快就在她心里转化成一种怨恨。她恨她自己的命，恨她投错胎，投在一个贫困的农民家庭。

　　第四天，孙振凯蓬乱着头发、红肿着双眼从自己的房间里走出来，他已经三天没出屋也没怎么吃饭了。沈桂兰给他熬好了粥，孙振凯一边吃，沈桂兰一边说："你上学之前，我就和你说过的，城市和农村之间的差距是你无法想象的，城里人和乡下人结婚是不合适的。当时就应该悔了这门亲事的。现在，李廷梅已经是个二十七岁的老姑娘了，整个沟里的人都看在眼里呢！"

　　"我知道了！"没等母亲说完，孙振凯已经不耐烦了，扔下碗筷，就去了李廷梅家。两个人低着头坐在炕沿上，默默地淌眼泪，谁也不说话。

最终还是孙振凯先开口了，他决定回农村，回来娶李廷梅。李廷梅的眼泪流得像汛期的哈泥河水一样汹涌，起初还是没有声息地流，后来就变成了抽泣，再后来就变成了放声大哭。

那一夜，李廷梅并没有睡，这段姻缘或许会让孙振凯搭上了一辈子。她想了整整一夜，她舍不得用一纸婚约毁了孙振凯的一生，也许，还毁了他的下一代。第二天，李廷梅决然去了孙振凯家。

"我没有办法进城吗？就真的一点儿办法都没有吗？我什么苦都能吃，什么罪都能遭……"

"不能！"李廷梅的话音未落，孙振凯斩钉截铁。

他回来后，三天没出屋并不仅仅是在痛苦和犹豫，他同时也在搜肠刮肚寻找解决办法。带李廷梅进城他早就想过了。他认认真真分析了当时的形势和政策：城市就业制度方面，从一开始实行的劳动用工制度，原则上就只是负责"非农业人口"在城市的就业安置，不允许农村人口进入城市寻找职业。这在1952年8月国务院作出的《关于劳动就业问题的决定》中，说得明明白白。到了1957年12月，国务院公布的《关于各单位从农村中招用临时工的暂行规定》作了进一步明确："各单位一律不得私自从农村中招工和私自录用盲目流入城市的农民。"这就从就业上，切断了农民进城的通道。就算李廷梅进城，也找不到谋生的岗位。从1953年开始实行的粮油计划的供应制度，以及随后陆陆续续出台

面对命运，我们如同身在烟雾之中，并不知道选择的对与错。很多年以后，在我结婚的喜宴上，父亲的同学尹老师还开玩笑说："毕业那年，同学中只有老孙回了农村。我们都好奇，到底是一个什么样的女人，让他放弃了进城工作的机会呢！"

　　父亲因为娶了农村户口的母亲，其实吃了不少苦。和她一起种地，一起上山伐木、捡柴……每次看到父亲像农民一样，赶着牛车下山时，村里人就会议论说，如果是"双职工"我们家就会怎样怎样……

　　如果当年，父亲选择了放弃，如今又会是什么样的命运呢？

的粮食计划收购和计划供应的《命令》及《市镇粮食定量供应暂行办法》，基本排除农村人口在城市取得口粮的可能。民以食为天，李廷梅在城市无法获得口粮，就意味着在城市丧失了生存的空间和可能。1958年全国人大通过的《中华人民共和国户口登记条例》第十条第二款也对农村人口进入城市作出了约束性的规定。

孙振凯想来想去，还是觉得没有更好的路可走。这时，他更深刻地认识到，种地，就是农民的命，每一个农民打从娘胎里出来就注定要种地供养城市人，农民的儿子还要做农民，继续供养城市的儿子。农民就注定生于土地，死于土地。

最终，孙振凯只好向命运举手投降。他回到了农村，并和李廷梅商定了婚期。龙爪沟人向他伸出了大姆指，夸他有良心不忘本。孙振凯不得不自我解嘲道："人在囚笼，插翅难逃啊！"

第三部

命运巨爪下的挣扎

七八十年代，人参场的发展势头正猛。全国开始落实生产责任制，实行了专业承包，人参场的形势更好了，年产人参量已达到六七千斤，产值八九万元。人参场除栽培人参外，还从事小量的农业生产，以解决全场人口的吃粮问题。落实生产责任制，实行专业承包之后，土地、牲畜分到各户，家家户户的粮食自给有余，于是饲养了大量的猪、鸡、鸭、鹅。为了解决工人饲养大牲畜的困难，场方在农闲时抽出部分工人进行放牧，有牲畜的人家，每天每头牛出一角钱，作为放牧者的工资，不足部分由场方补助。

1

李廷梅的四哥四李子从部队复员回来，毫无悬念地成为龙爪沟参场的小队长，归人参场场长领导。四李子是个细心人，一回来就发现李廷梅每日下班回来就忙着刺绣，绣鸳鸯、绣蝴蝶、绣荷花，有时候，七八个要好的姑娘在一起研究着新图案。这是龙爪沟的传统，女子出嫁前，要绣一批物件婚后用。四李子自然参透了其中的玄机，在一个合适的机会，和孙家研究了李廷梅的婚期。

李廷梅和孙振凯的婚礼是在老房里举办的。人参场的领导在婚礼上做了讲话，要抓革命促生产，做一对劳动模范。二人交换了崭新的手表。李孙二家是龙爪沟的大户，陆陆续续来了许多人，写礼账的先生认真做着记录，王家两元、张家五元、刘家十元……上午举办结婚典礼，下午一对新人就各就各位上班了。晚上，孙吉业把一对新人召集回家，公布当天收入的礼钱和随礼的人员名单，嘱咐着，这些礼将来都得还，孙吉业在，孙吉业还，孙吉业不在，孙振凯还。为了让新人学会勤俭持家，孙吉业让孙振凯和李廷梅背负了两百元的饥荒。孙吉业给孙振凯算了一笔账：每月工资三十五元，生活费十元，礼尚往来十元，还孙吉业的账十元，还剩下五元孙振凯才和李廷梅自由支配。孙吉业说，这是孙家的规矩，以后男孩子结婚，都得背饥荒，头两年都得往家里交钱。他要让孩子们养成生活的好习惯。

谁也没有想到，这是孙吉业为孙家立的最后一个规矩，也是他这一生最后一次把他的生活理念传给孩子们。

李廷梅和孙振凯结婚两年后，孙吉业就因肝硬化而离开了人世。孙振凯的母亲带着六个孩子生活，三个小的还在上学。孙振凯和李廷梅自然背负起养家的责任，他们把最小的弟弟孙振利带到自己的新家，像对待自己的孩子一样呵护他，供他上学。

龙爪沟的人口越来越多，每一家都有四五个孩子，有的人家生了十多个孩子，可是土地还是那些土地，并没有增加。土地上用不了那么多劳动力了，再加上几个考上大学的孩子都留在了城里，有了稳定的工作。龙爪沟的人已经意识到，考学，是最好的出路。于是，适龄孩子们只要自己愿意念书，大人们就供他念。孙家和李家的结合，在龙爪沟人看来是段不错的姻缘。二人住在乡里，龙爪沟的孩子们上学就有了落脚点。李明娟、李明成、孙振生、孙振华、李明国、李明红、李明艳等等凡是能搭上亲戚的，到乡上读初中的时候，都陆续住进了孙振凯家。孙振凯家的粮食不够，这些亲戚们就从龙爪沟送下来。

秋天，萝卜、土豆、大白菜全下来了，二李子就赶着牛车，装得满满一车菜送下来，给这些孩子们吃；大李子装着大苞米、配少的一点儿水稻也送下山来。半大小子们真能吃，李廷梅两天去一次加工房加工粮食，一顿饭做满满一大锅的大楂子，这一群半大小子一顿就吃得精光。

李廷梅给他们做饭，一天累得筋疲力尽，也顾不上好好照看自己的孩子，有时候着急出门加工，她怕孩子小，一个人在家会爬掉地上，就找来绳子，一头系在窗框上，一头系在孩子腰上。等她推着加工好的粮食回家时，孩子已经哭累了，像一只可怜巴巴的小狗一样，趴在炕上睡着了，鼻涕和眼泪抹了满脸。

日子虽然很辛苦，但李廷梅心里是愿意的，这些孩子们不是婆家的，就是娘家的，每一个都和她沾亲带故，她希望这些孩子们好好上学，都能走出这个小山沟。这其中也包含着对孙振凯的愧疚之情。

张景林说，马是通人性的，马对他有恩。那一年，他赶着马车上山捡柴，下山时，车闸突然崩了。张景林被甩到地上，没等他爬起来，失控的车子就朝他压过来。这时，老马张开大嘴叼着他将他拖出很远，直到他借力站起来，老马才松开口。

　　张景林被救了一命，从此不再打牲口，他说，其实，牲口是懂感情的，你要俯下身子和它们相处。

2

孙振利是这批孩子里最先参加中考的。但他落榜了。此刻，命运给他的选择似乎只有一个——回家种地。那一夜沈桂兰哭了，她等孩子们睡着了以后，把眼泪流在了孙吉业的坟头。七个孩子当中，孙振凯、孙振荣、孙振生都考上了大专或者中专，最小的孙振利是孩子中最聪明的一个，从小就是孙吉业的心头肉，孙吉业最大的心愿就是看着这老疙瘩有出息。

孙振利没有回家种地，而是选择了复习一年再考，这个选择是沈桂兰用眼泪换来的，这是她第一次在孩子们面前哭。她先是到孙振凯和李廷梅家以泪洗面，然后是苦劝孙振利再复习一年。第二年，孙振利在巨大的心里压力下考上了县里唯一一所高中——通化县第七中学。

自从读高中起，家里的钱就只够勉强交学费的，吃食堂的钱根本就拿不出来。沈桂兰每周末都背着大煎饼和咸菜给他送够一周吃的。一天三餐，孙振利只能躲在宿舍吃煎饼咸菜、喝白开水。青春期的孩子，肚子缺油水已经很难忍受了，再加上那些歧视的眼神，让孙振利的心更加敏感。

孙振利的衣服没有一件是合身的，不是大得像长袍，就是小得像马鞍子。孙振利无数次想退学，可是他没有勇气，他一想起母亲每个周末都会背着大煎饼走很远很远的路，给他送到学校来，再走很远很远的路回家，他的眼泪就禁不住往下流。他在这里上学，对不起全家人；他不上学，对不起年过半百的母亲。贫穷和母亲，像两段系在一起的绳索，死死地勒在他年轻的脖子上，他越是挣扎，勒得越紧。

孙振利的学费已经两周没交了，班主任老师催促了无数遍。这一天早自习，老师发火了。她拎起孙振利的书包就扔了出去，班级里安静极了，同学们都吓呆了，孙振利的脸一直红到脖子根儿，额头上的青筋一跳一跳，仿佛浑身的血液一齐涌到他的脑子里，他的脑袋如同要爆炸了一样，他感觉自己从头到脚都肿胀起来，他真想摔门而去，狠狠地骂上一句："去你的吧，老子不念了！"这样的场景，这样的台词，他在心里演练过无数次，但这一幕终究没有上演。比起在学校里忍受的屈辱，他更难以承受的是母亲那绝望的眼神。他除了死死赖在课堂上、赖在学校里，他没有选择。虽然，那些煎饼和咸菜早就让他反胃、让他营养不良、让他神经衰弱、让他一夜一夜睡不着觉，但它们的存在，就像母亲的眼睛一样，无时无刻不在提醒着他，他不敢也不能辜负它们。老师叫人把孙振利的书桌搬到了走廊，她要让全校的学生都看看这个不交学费的学生。

第一天，同学们都来看他，其他班级的同学还会好奇地问，这是怎么了。孙振利也不回答，只是低着头。晚自习后，宿舍的同学们都劝他赶紧想办法捎信回家，催家里交学费。孙振利不回答也不说话，仍是低着头。他是不会捎信儿回家的，这个时候，母亲在家还不知道有多着急呢。但凡有一点儿办法，母亲也不会把学费拖到现在的。这一夜，孙振利几乎一夜未睡。老师把书包

我的奶奶，就这样带着七个孩子住在大山深处，慈祥里带着几分柔弱。

　　听姑姑们讲，我爷爷活着的时候，他们一共赡养了三个老人：一个是我爷爷的父亲，一个是我爷爷的叔叔，还有一个是他们在山顶上"捡回来"的五保户。二叔说，人老了就会像孩子一样，经常因为小事闹情绪，三个老头儿之间总是"战争"不断。有一次，二叔到三个老头儿的屋里偷吃的，他的二爷爷下手过狠，一拐杖将他打晕了……只有这一次，奶奶气哭了，之外，他们很少见到奶奶掉眼泪。

　　爷爷过世后，奶奶一个人带着孩子们生活，坚持着想让每一个孩子都能读大学。这对于一个农村妇女来说，是个多么"可怕"又"可笑"的想法，但是奶奶做到了。最终，爸爸、二姑、三叔、小叔都成功读完了大专或者大学。

扔出去的情景，母亲裹着小脚走三十公里路背着大煎饼的身影，他每天趁着同学们去食堂吃饭的时候，在宿舍里白水就煎饼的情景，他迟迟交不上学费，老师看他的眼神……所有的画面，交错在这个无眠的夜里。

第二天，他的书桌仍然被放在走廊里，同学们经过他时，也并不和他打招呼，他像空气一样被忽略着。老师进教室之前，狠狠地看了他一眼，那眼神如同一把锋利的刀子。孙振利两顿没有吃东西了，他多么希望，这一天，他的母亲突然就出现在他的眼前，但是没有……这一夜孙振利又一次失眠了。

第三天，孙振利来得很晚，还没坐定，老师就站到了他的身边："今天再不交学费，明天你就不用来了。"孙振利仍然是低着头不说话，这是他早就预料到的结果，这一天早早晚晚都会到来。他并没有去上晚自习，而是在宿舍里收拾东西，他也不需要和谁打招呼，在这个学校里，他仅仅是个多余的人，没有人会在意他的去留。

孙振利终于离开了学校，他兜里没有一分钱的路费，他只能和母亲一样，从学校一直走到家，从天不亮一直走到一片漆黑。他走啊走，他离县城越来越远，离生他的土地越来越近，他离母亲的希望越来越远，离自己的命运越来越近。他走上了回乡的路，也堵上了进城的路。

孙振利在一片漆黑里翻越一个个小山包，阴森的林子里，偶尔会传来诸如鸟叫的怪声，起初，孙振利被痛苦包围着，并不感到害怕，活着、死了，对他来说又有什么区别呢？既然他连死亡都无所畏惧，还有什么能让他害怕呢？

林子越来越深，夜越来越静，孙振利清楚地听到脚踩在落叶上发出窸窣声，这声音，使整个树林变得惊悚、诡异起来。他感到脚下的路并不平坦，隔几米或十几米就会踩到一个接一个的小土包，借着月光，他仔细打量着这些小土包。这是一座座无主的坟。这就是人们所说的"乱葬岗子"，是步行从龙爪沟到县里的必经之路。关于乱葬岗子的传说被龙爪沟的大人们演绎得格外恐怖，专门用来吓唬那些不听话的孩子们。所以，对于龙爪沟长大的孩子们来说，比聊斋更精彩更可怕的就是这里。

毫无疑问，孙振利在乱坟岗子里迷路了，他无法在这模样相似的坟堆里辨别东南西北，他甚至走不出这坟圈子。这一刻，孙振利忘记了沮丧、忘记了屈辱、忘记了煎饼咸菜的反胃感、忘记了老师的眼神，自然也忘记了母亲。他的每一根汗毛都竖了起来，每一个毛孔都张大了嘴，这林子里的湿气、阴气不断袭向他瘦弱的身躯，透过毛孔，穿过他的皮肤，直入骨髓，他不禁打了个寒战……

3

天蒙蒙亮的时候，孙振利终于走出了乱葬岗子，找到了回家的方向。早上八九点钟，孙振利到家了，这个时间，母亲应该已经侍弄完地，回家喂猪了。他推开门，母亲正背对着他盛猪食，听到门响，回头一看，勺子咣当一声掉到了地上，她不敢相信自己的眼睛。她放下猪食桶，上前仔细看着孙振利，惊慌地问："怎么这个时候回来了，出了什么事？"

"嗯……回来看看您。"孙振利一路上准备的台词儿，一句也没用上，他只能凭借着本能掩饰他这次回来的真相。

"看我？不好好上学，回来看我？到底出了什么事？"孙振利在母亲的追问下，不得不轻描淡写地把学校催学费的事复述了一遍。

母亲一下子坐到了锅台上，目光呆呆地投向地面，双眼失去了往日的神采。是啊，孙振利的学费已经拖了三周了，离老大孙振凯开工资的日子还有一段时间，这个空档，让她到哪里弄钱呢？她是实在想不出办法了，沟里的老邻居能借的都借遍了，上一次借的钱还没还清，实在不好意思再张嘴了。

家里能卖的只有这三头猪了，但离猪出栏的日子还远，没有人要。沈桂兰求着村邻们收她一头猪吧，只要比猪崽子的价格稍高一点儿就行。可仍然没有人要她的猪，谁也不肯眼睁睁地占孤儿寡母的便宜。在这小山沟里，谁要是占了沈桂兰的便宜是要挨骂的。她只好把猪卖给镇上的人。说好了，这几天镇上的王老三就来抓猪。沈桂兰心疼这几头没长成的小猪，就这样认赔卖了。但儿子的学费实在是着急啊。她怎么也没想到，还没等王老三来，小儿子就被赶了回来。

"妈！我真是不想念了，求您别逼我了。"孙振利跪在地上，把头深深埋进母亲的怀里，憋了几年的眼泪，一下子全都涌了出来。

沈桂兰依然没有动，心如同被撕碎了一样疼，热滚滚的泪水一滴一滴掉到孙振利的头上。

过了好一阵子，沈桂兰把头靠在孙振利的头上，摸着他的脸，说："儿子，是妈苦了你，是妈没能耐啊！"沈桂兰捧着儿子的脸仔细端详着：曾经那个"鬼机灵"的小儿子，如今蓬头垢面，瘦弱干瘪，眼神暗淡无光。

愧疚、委屈、无助，一齐涌上了心头。

沈桂兰并没有逼儿子去上学，她到街里找了王老三，让他三天之内把猪抓走，只要马上能拿到猪钱，她愿意再低点儿价。王老三挺高兴地就答应了，沈桂兰在肉摊儿上赊了二斤猪肉，又用黄豆换了一块豆腐，那些攒着卖钱的鸡蛋也拿出四个来，凑了一桌子好菜。

"儿子，你在家休息两天就去上学吧！去学校和老师道个歉，以后，妈就是拆房子卖地也绝不拖欠你的学费。"沈桂兰看着儿子。

"妈，我真不想念了，我不想让你那么辛苦。"孙振利说。

"咋能不念呢？是不是怕老师不要你呀？妈和你一起去求她。"

孙振利知道母亲执拗，嘴上没辩驳，心里却打定主意，不再去学校了。

第二天，王老三高高兴兴来抓猪，孙振利硬是不让抓。王老三气汹汹地说："要不是你妈求我来抓这猪，我才不在这个季节来呢！大不大、小不小的，不好养活，我看你妈急着要给你交学

从前，这是一块参地，孙振全就在小更房里看参。山上的蛇特别多，天气热的时候，蛇要找阴凉的地方盘着，孙振全的小更房成为它们的栖身之所。房梁、窗台、水缸、锅台、炕上，到处是蛇的身影。

　　蛇不喜烟味，有时候，房子里的蛇太多，孙振全就把烟袋点上，一会儿，它们就窸窸窣窣地走了。

费，可怜她！你这狼崽子，不识好人心。"

王老三的话刺痛了孙振利，他随手操起猪圈旁的烧火棍冲王老三打来。王老三走了，猪保住了，孙振利的学费却没了着落。孙振利想想母亲，心就无比的疼，他不能再拖累母亲了。

孙振利给母亲留了张字条，走了。

> 妈，我走了，我不能选择回去读书，我要出去挣钱，将来一样能出人头地。

沈桂兰在地里干活儿，听说王老三来抓猪就赶紧赶了回来。回到家，王老三不见了，孙振利也没了，只有那一张纸条。

沈桂兰发疯了，孙吉业死了这么多年，她一个人供二姑娘读完高中，三儿子考上大专，难日子苦日子她都熬过去了，她唯一不能接受的就是天资聪颖的小儿子因为没钱而毁了前途。

沈桂兰到处去找孙振利，从山里一直找到光华乡里。乡里的客车售票员说，下午的时候，是有个半大小子长得很像孙振利，坐在去通化市的车里，好像是要跟什么人出远门去。这个消息给了沈桂兰当头一棒，她感觉到天旋地转。她从乡里往龙爪沟的方向一步一步踱着，孙吉业的死让她的生活黯淡无光，为了孩子们能有个依靠，她支撑到了今天。孙振利考入了重点高中，她心里的那团火还忽闪忽闪地燃着。如今，孙振利走了，就这样走了。这个大学苗子，就这样半途而废了。哈泥河水在暗夜里汹涌奔腾，沈桂兰心里的火，灭了！

4

当兵、升学，始终是那时农村人逃离农村的两个渠道。当兵，往往并不是上策，几年兵役，如果没有熬成军官或士官，最后还要两手空空回到土地上来；相比之下，升学却要比当兵牢靠得多，那真是一跃成龙，一劳永逸。所以，龙爪沟的人最认可的改变命运的方式还是读书、升学。当年，孙振凯虽然回到了农村，娶了持农村户口的姑娘。但他终究是有了"非农户口"的人。孙振凯的二妹妹孙振荣、三弟弟孙振生也先后考入了大专，这在龙爪沟已经很轰动了。那些做梦都想离开土地，做梦都想有一个"小红本"的人们，受到了极大的鼓舞。

孙振凯考上师范学校以后，第一个坐不住的就是刘池。刘池是个文化人，当年因为成分不好，一直受到排挤。刘池年轻的时候在山东省一个夜校当老师，他的一个没出"五服"的同族妹妹在夜校上他的课，一来二去，两个人就恋爱了。这场恋爱并不被接受，师生恋再加上两人又有着血缘关系，刘池承受着很大压力，更重要的是刘池家里是有老婆的。可是，他的妹妹怀孕了，非结婚不可。刘池只能把老婆送回老家，让母亲负责安抚，再偷偷把妹妹接回家，又到民政局办了结婚手续。慢慢地，刘池的大老婆也同意同他离婚。但山东他们是呆不下去了，只能到东北投靠亲属。

很快，刘池就尝到了近亲结婚的苦果，他们的大儿子出生就

刘池一家早些年已经搬走了。此处的老房子也被扒倒又重新翻盖了几次，并几易其主。或许已经没人记得当年，这里有一对父子为了改变命运而苦苦挣扎。

　　我写此书时，母亲曾几次提醒（甚至是警告）：千万不要写真名，刘池的孩子们可能会不高兴。

　　我想，这世上真实发生过的事，就算我不记录它，岁月也会记录。

有点儿傻，二儿子小儿麻痹，只有三儿子春儿，又精又灵很讨刘池喜欢。

孙振凯上学后，刘池别提多高兴了，他的春儿有希望了。刘池鼓励春儿一定要好好学习，考上大学。春儿也信心满满地学习。第一年，春儿一进考场就蒙了，大脑一片空白，汗珠子直往卷子上掉。那些考题，他读了一遍不懂，又读一遍，脑袋如同灌了铅一样，就是转不起来。春儿越看不懂题，就越紧张，越紧张就越看不懂题，就越头晕目眩的。这一年，春儿落榜了。刘池别提多难过了，偷偷掉了好几回眼泪。不考大学，春儿永远也摆脱不了种一辈子地、出一辈子苦力的命运。

第二年，刘池费了好大的劲儿，找了很多亲友、同学又把春儿安排到学校去复习并参加考试。为了保证春儿能考上大学，刘池亲自去找了很多年都不联系的同学，让他给孩子指点指点。春儿进考场之前，刘池千叮咛万嘱咐：千万别着急、别紧张，进了考场一定要深呼吸几次，啥也别想，就是答题。说这些话时，刘池自己也紧张得手心儿直冒汗。

这一年，聪明伶俐的春儿又落榜了。刘池急得满嘴起了火泡，这么聪明的孩子，怎么就考不上呢？这是遭什么报应了呢？难道他的春儿就走不出去这大山了吗？考！还得考！说啥都得走出去。刘池又托关系又算卦的，给春儿改了一个吉利的名字，连同户口本上的名字一起改了，他决定供春儿再考一年。一连两年落榜，春儿的心都考焦了，心气儿也考没了，他对自己失去了信心，更不忍心看着年迈的老父亲为自己着急上火。春儿决定不复习了。刘池坚决不同意，一定要逼着春儿去复习。刘池给春儿买复习题、买营养品补脑，把春儿送到了学校并告诉他，除了学习，啥也不能做。龙爪沟的人都觉得刘池一定是疯了，干吗要这么逼一个孩子呢？干吗非得去考那个难考的大学呢？刘池没疯，他是在城里生活过的人，没有谁比他更了解城市和农村的差别，没有哪一个时刻，比他现在更为清醒了，春儿，一定要过这一关，这一关过了，春儿以后就能干喜欢的工作、拿稳定的工资，病了有国家管、老了有国家养。就这一步，春儿如果迈出去了，下半辈子就有福了，春儿的孩子也有福了，刘家就有希望了。

这一年，春儿像消失了一样，一直也不见踪影。没人打听春儿的消息，打听了刘池也不会说，但有一条是肯定的，他一定是把春儿送到什么地方去上学了，人前背后，他曾不止一次发过誓——咬碎了牙、打折了骨，也要供春儿读大学……

皇天不负有心人，春儿终于考上了大学。毕业后，留校做了老师，现在已经是知名教授了。

5

这世上，很多变化都是静悄悄的，特别是关于那些人心的动向，如果不是回忆者在回忆里仔细归纳，一个普通人又怎么会无端去揣摩这些变化呢？

1958年以后，农民要负责供养市民的口粮和其他农产品，所以，他们必须在土地上种地，城市对农村人口一直亮着"红灯"。

1984年以后，农村人口增多，人均耕地相应减少，城市化建设需要劳力，城市对农村人口呈现"黄灯"状态，进城意愿强烈的农民可以进城了，但必须自带口粮。很多人现在还清楚地记得，《关于1984年农村工作的通知》（即二十世纪八十年代第三个中央一号文件）里的最后一笔："各省、自治区、直辖市可选若干集镇进行试点，允许务工、经商、办服务业的农民自理口粮到集镇落户。"就是这轻轻一笔、寥寥数语，被压抑在土地上多年、一直想逃也逃不掉的农村人就有了改变自己和家人命运的合法机会。农民，由当初被死死绑架在土地上，挥洒血汗用以解决全国人民吃饭问题的日子结束了，他们获得了自由，哪怕只有那么一点点儿，那也是极大的鼓舞。

龙爪沟是偏僻的、闭塞的，再大的政策也不会在这里激起多大的风浪，他们最先就是靠那些按捺不住先走出去的人慢慢影响，才凭直觉奔向城里的。只有当全国的农民都挣脱了土地对腿脚的捆绑，大规模进城务工、经商、落户成为一种潮流后，这里才泛起一圈一圈涟漪。

龙爪沟第一个通过打工走出去的是刘瘸子的姑娘刘英。刘瘸子先天性小儿麻痹，腿脚不好，当年因为娶不上媳妇，就捡了一个精神病患者对付着成了家。刘英的母亲生了三个孩子以后，病情更严重了，从前只是不认识外人，后来就连自己的孩子们也不认识了，见人就打。刘瘸子一直盼望着孩子们能有出息，所以在学习上管得很严格。

刘英学习非常好，一直排在全校前三名。刘英读到高二时，因为家里实在没钱供三个孩子上学，刘英是老大，就主动休学了。刘英休学后没有回家，直接跟几个同学去了城里，谁也不知道她去了哪儿。刘英按月往家里寄钱，刘瘸子问她在哪里打工，干的什么活儿，刘英从来也不说，就算她说了，刘瘸子也不会懂。

　　刘英足足消失了两年，只见寄钱不见人。后来，听说刘英又回到高中读了一段时间书，还参加了高考。关于刘英的经历，说法不一。有人说刘英遇到好人了，她打工的那个企业老板被刘英感动了，答应资助她读书。另一种说法是，刘英进城后，没有办法挣到那么多钱供两个妹妹上学，所以就从事了某些服务行业，靠服侍男人攒下一笔钱。刘英最终还是没有考上大学，参加完高考以后，她连家都没回就又走了。走的时候，还拉了几个女同学一起到了南方的一个城市。

　　没人知道刘英的钱是怎么来的，但她却让龙爪沟的人实实在在地看到了一条可以进城的路。刘英走出了这条路以后，龙爪沟的人心就"毛"了起来，男男女女、老老少少的，都如同受到了大雁诱惑的家鹅一样——都想抖抖自己的翅膀，试试这一双翅膀到底是不是摆设，还有没有飞翔的能力。于是，有些人果真就飞出了围墙，有些人则飞得更远，而有一些人则伸长了脖子望着远方，无可奈何地想着飞翔的事情。

这一幕，独属于乡村。总有那么一天，这一幕，独属于
记忆。

九十年代末期，特别是2000年以后，中国的城市化进程发展加快，农民进城打工的政策由过去的"黄灯阶段"变为"绿灯阶段"，大量的农民向城市涌去。这次农民工进城的大潮后来被一些学者称为"人类有史以来规模最大的人口迁徙潮"，据专家分析，这个大潮是追求更好生活却被压抑太久的中国农民自下而上推动起来的。

这次民工潮，使中国的城市人口在不到三十年的时间内净增四亿。中国持续了数千年的农耕文明、村落文明，就在这不到三十年的时间里，加速转向工业文明、城市文明，而这些灰头土脸、肩挑背扛的农村人，就是这一巨大社会变革使命的负载者。也正是在这一时期，龙爪沟的农民开始成群结队地往外走。

吴英就是在这个时期和妹妹吴花一起进城寻找出路的。

吴英父母去世早，姐妹俩和弟弟都被寄养在叔叔家。弟弟渐渐长大，姐妹俩考虑到弟弟是吴家的根儿，要结婚生子、传宗接代，就把家里的几亩土地都留给弟弟种，两人外出打工攒钱给弟弟盖房子娶媳妇。

吴英性格开朗、闯荡，很快就在一家饭店找到了洗碗的工作。吴花有些腼腆，一时没有找到供吃供住的地方，小姐妹俩就挤在饭店提供的单人床上睡。正赶上创建卫生城的那几个月，某大学招临时人员清除校内以及学校周边的野广告。吴花觉得这个活儿不错，还能按天给钱，就应招去了。

野广告很难清理，吴花先用水把广告浸湿，然后再用小铁铲铲，铲不掉的，再用手指甲抠，抠不干净的，就用饭店洗碗的小钢丝球擦。春天的风格外硬，风里还裹挟着沙子，仅仅三天，吴花的手全皲裂了，指甲边缘干裂得更严重，周围都起了毛刺。回家吃饭的时候，吴花的手已经拿不起筷子了。吴英看着好心疼，非要替吴花去清理野广告不可。吴花不同意，吃完饭就独自又去了。晚上，吴花到大学去结账，对方只给他结五十块钱。当初明明说好了一天五十块钱，三天一百五十块钱，可是干满三天，对方却矢口否认。吴花拿着五十块钱回到宿舍。吴英给妹妹的手指上涂了擦手油，又在一块旧布单上扯了几条破布给她包上。

第二天，吴英亲自去了大学物业处质问他们，一个搞教育的地方，凭什么说话不算数，凭什么欺负不远千里进城打工的农民。一个满嘴谎言的人，一个不讲诚信的集体，还配不配教书育人？物业处的工作人员被她质问得蒙了，他们并不清楚发生了什么。后来，经过仔细查问才知道，原来是单位把活儿交了一个清洁工，清洁工自己不想干，就把活儿包给了吴花，等吴花干完活儿要钱的时候，他又不舍得了，所以就打赖。他怎么也没想到，这个看起来老实巴交的姑娘竟然为了这点儿小钱，还敢来找学校。无奈之下，他只好把剩下的一百元钱给了吴英。

吴英打工的饭店是专门针对大学生开的，学生放寒暑假时，饭店自然也就关门停业了。吴英也跟着失业了。在城里不比在农村，一天没有工作日子都没法过。吴英带着妹妹找了足足三天，

谁也挡不住历史的车轮。被它碾压而过的往事，无论酸的、甜的，都会像这挂破旧的老车一样，连它的主人都记不得，它曾承载过怎样的沉重。

却没有一个地方可以收留她们。饭店老板娘也已经把东西收拾好回老家了，姐妹俩顺着街道漫无目的地走，边走边想，该去哪儿呢？能去哪儿呢？就这么走着走着，吴英脑子里突然蹦出了一个人名：房娟。她紧紧抓住这个念头不放，心里一遍一遍念着房娟，脑子里使劲儿地想和房娟有关的一些细节。

龙爪沟的人外出打工，要么结队而行，要么新人投奔那些在城里打工的老人。所以当亲戚家有人到省城的街边子弹棉花时，房娟也跟着亲戚来弹棉花了。可是房娟住在哪条街哪条路呢？吴英并不知道，房娟也没说过。只记得上次回家过年的时候，房娟说她们离一所大学很近。可是，那是哪一所大学呢？吴英带着妹妹走啊走，前进大街、卫星路、人民大街，两个人就那么有目的又没有目的地走着。

这是个冬天，走着走着天就开始下雪了，走着走着天就黑了下来。城市的夜和农村的夜并不一样，城市的夜是有灯的，天还没黑的时候，灯就亮了，一排一排的路灯，让你忘记这是个黑天。妹妹的步伐越来越慢，吴英的腿也越来越沉。要是在农村，这个时间，大家都已经入睡了，可是城市的夜生活才刚刚开始。一个穿着时髦的女人踩着高跟鞋，在吴英身边留下"嘚嘚"的声音。吴英看着那个好看的背影，心里好生羡慕。那个背影径直走进了一家KTV。虽然吴英识字不多，但她也知道，那是一个好玩儿的地方。按理说，下雪的天不冷，可是吴英心里却感到有一丝寒意。这寒意不是来自天气，而是来自农村和城市的差别、吴英和刚刚那个女人的差别。

吴英好像想起来了，是幸福街，两个人打听着，走到了幸福街。到了幸福街，吴英觉得好像又不是，她们又打听到了卫光路，城里的街路好像啊，都长得一样。街边的楼房里的灯一盏一盏陆续熄了，马路上的车也少了，只有路灯还亮着。吴花哭了，她拉着吴英说："姐，要不咱们就回家吧！这找不到工作，咱连个住的地方都没有。"吴英没说话，继续走着，越走越没有目的。凌晨四点钟的时候，吴英的眼前一下子亮了，就在她们走过的路旁，有一个小小的广告牌子——弹棉花、做棉被。牌子上有一个箭头，下面写着：前行二百米院内。难怪找了一夜也没找到，原来不是在路边，而是在一个僻静的小院子里。虽然还不能完全确定房子里住的一定是房娟，但吴英一下子像找到了依靠一样，带着妹妹冲进了小院。房娟听到敲门声，起来开门时，被眼前的姐妹俩吓了一跳，这不是做梦吧，怎么没声没响，没有一点儿预兆地就来了呢？

　　姐妹俩暂时在房娟租的平房里住了下来，姐姐出去找工作，妹妹帮房娟做点儿零活儿。妹妹出去找工作，姐姐在家帮着干活儿。总之，她们不想给房娟添太多的麻烦。很快，店里的活儿吴英就全会干了。房娟的亲戚觉得吴英心眼儿实，肯花力气，眼里又有活儿，就有意把她留在店里帮忙，小姐妹俩也有了个住处。

　　吴英只在房娟的店里干了半年，就不得不带着妹妹离开了。那年夏天，房娟和老板去进布料和高弹棉，一走就是三五天。临走时，老板叮嘱吴英，把活儿收下就行，一个人开机器不安全。吴英不会算账，房娟给她列了一个单子：弹棉花，一斤2.5元，新布料每米15元，高弹棉每斤15元，缝纫的手工费12元。怕她不会算，又给她举了几个例子抄在本子上，像教小孩子学数学的例题一样，让吴英对照着套用。

有一天早上，吴英刚醒，一个自称是幸福乡综合市场的男子就来做活儿。他要做一百套门帘子。一百套门帘子！吴英既兴奋又担心。兴奋接了份大活儿，这是要挣大钱了，可她又担心自己不会算账被骗。她拿出房娟的那套公式比照了一下，没有一个相当的。只能找一个尺寸差不多的报了一下价。男子说做的数量多，所以价格应该再低一些。吴英怕这单大生意跑了，就硬着头皮同意了。男子又提出来自己拿线，价格要再低一点儿。吴英起初不同意，但是看男子要走，吴英有点儿着急了，这么一个大活儿，走了怕是失去机会了。吴英也没仔细算计，就接下来了。吴英怕耽误工期，就把妹妹叫了回来，没黑没白地赶这批活儿。房娟和老板回来的时候，吴英已经把活儿赶出来一小半了。老板起初挺高兴的，但一听价格傻眼了，她让房娟仔细算了算，去了成本，这批活儿基本就是白干。可是，对方偏偏又自己拿了线，再扣除了线钱，吴英这一个大单就是赔钱了。吴英一下子就上火了，嘴上起了大泡。怎么办呢？本来是件好事，没想到惹了这么大的祸。

男子每天都来监工。老板和男子商量，能不能多加点儿钱，男子一口回绝了。吴英软磨硬泡，说了自己的种种不易，却也没换得半点儿同情，对方就是不加钱。既然已经答应了，老板也只能认倒霉，硬着头皮干下去。吴英白天干活儿，夜里却睡不着觉，想着如何挽回损失。终于吴英想到了一招儿。她们可以将每个门帘的缝纫数减少，针脚拉长，这样，省电、省线又省力。虽是下策，但也总算是能挽回了一点点儿损失，所以老板也同意了。到了交货的日子，吴英把帘子交给对方。男子剩了十团线，吴英偷偷藏下了，吴英正算计着，这些线如果换成钱，是不是可以顶平了她赔的那些钱了。此时，吴英家的门开了，男子又回来了。他的领导说门帘子的针脚太宽，缝纫的趟数少了，挂在门上，很快就会坏掉。男子又来找吴英，让她得给加几趟线，缝纫得再密实点儿。

吴英坚决不同意，这单活儿花了好多心思，才节省下来一些成本，不至于赔上那么多，怎么能再做赔本的买卖呢？何况一手交钱一手交货的交易已经完结。

男子本来言语和气，看吴英态度坚决，就蛮横起来。"你这姑娘怎么这么不识敬，我看你是不想在这儿干了！"男子把门帘子往地上一扔，摔门而去，临走前狠狠地提醒吴英，大后天来取货，到时候取不到满意的货，后果吴英自负。

吴英气坏了，哪里有这样的人？吴英没理地上的那堆门帘子，自顾自地干起其他活儿。到了晚上，吴英开始担心起来，一旦男子来找麻烦，如何抵挡得了。店里的门没有锁，仅仅是用一条细绳勾在一颗钉子上，仅仅能防得住有礼貌的君子，对于那些来滋事者，定是没有任何作用的。老板让吴英去找了邻居小刘，小刘是个热心肠，当晚就在门里安了结实的锁。临走时，小刘安慰她说，如果有人来捣乱，一定要喊他。吴英仍然不放心，把掏粪工用的铁棍拿到了炕沿边，一旦坏人真来闹事儿，就算是和他拼了，也要保护住老板和房娟。

两天过去了，男子一次也没来。第三天一早，吴英正做饭，男子推门而入，一脸凶相。看到堆在地上的门帘子一动没动，十分气愤地质问吴英。吴英争执了两句后，男子动起手来，吴英随手拿铁锹防卫，男子力大，一把夺过铁锹朝吴英打来。打斗中，房东媳妇、隔壁卖烧烤的老崔、收破烂的大李媳妇都来拉架，男子骂骂咧咧越打越凶。小刘听到声音，冲进来，操起一个砖头就砸向男子，男子的头立刻鲜血直流。小刘骂道："杂种养的，来这儿欺负穷人，欺负女人，算什么能耐？这个院儿的人，你动一个试试，砸碎你的狗脑袋！"男子不甘示弱，拎起铁锹冲小刘砍来，小刘这一骂，把原来只是来拉架的人都骂醒了，大家如同得了命令一样，一拥而上，把来闹事的男子按倒在地，男人用拳头，女人用脚踹，边踹边骂："狗娘养的，让你欺负人。"男子双手抱住头，狼狈逃窜。

虽然这一次，吴英没受什么伤，仅仅是胳膊蹭破了点儿皮，但妹妹吴花还是吓着了。她央求姐姐，还是回家种地吧。吴英狠狠看了妹妹一眼，坚决地说：不回！在城里总会找到出路的。但吴英自觉惹了祸，不好意思在房娟这里干下去了。她只能带着妹妹，换一个区域，换一种方式继续在这座城市里寻找。

7

在农村向城市大规模迁徙的过程中，很多进城者是以牺牲原有家庭为代价的，特别是一些女性。她们涌入城市后，就再也没有回到乡村，而让一个个有爹无娘的孩子，在渐渐荒凉的乡下，成为时代的弃儿。

一个明媚的下午，段明迫不及待地带我去看了他发小的"故居"。那是一座荒弃的房子，墙面还裸露着红砖。厨房里的一口大锅长满了铁锈，满屋子都是发霉的味道。土炕的炕沿上、墙上到处是一道道钉子的划痕——清华！清华！清华！那些划痕虽有些模糊，但依然可以辨认清楚。

段明说，他的发小叫成子，成子只有十七个月的时候，妈妈外出打工就再也没回来。成子三岁的时候，成子妈妈终于回来了，但仅仅是为了回来办理离婚手续。离婚后，成子的爸爸也去城里打工了，只有过年的时候才回家住几天。对于成子来说，生活里就只有奶奶。当年，奶奶为了给爸爸娶上一房媳妇，花了接近十万块钱，没想到不到两年，这几乎可以算是花钱买来的媳妇就跑了，留下还不会说话的孩子。奶奶提起这个女人，满心是恨，这恨无处发泄，只能和成子唠叨。偶尔村里来了有文化的人，奶奶一定要问，怎么样才能告发成子妈妈，让全世界都知道这个女人是个骗子，最好要让成子妈妈坐牢。

成子的妈妈离婚后从没回来看过他，成子对妈妈的概念很模糊，那点儿零星的印象都是从奶奶那里得来的。小学一年级，音乐课学的第一首歌就是《世上只有妈妈好》。这首歌让成子很苦恼，如果按歌里唱的，成子岂不就是一根草吗！成子不仅仅是一根草，他还不如一根草，因为他是骗子生的，是一个背信弃义、应该千刀万剐的女人生的。有一次，成子不经意就哼起了这首歌，被奶奶狠狠地骂了一顿。从此，成子再也不敢提"妈妈"两个字。"妈妈"这个字眼儿，是和仇恨粘在一起的。

成子大一点儿的时候，曾经偷偷问过爸爸，为什么妈妈不要他了。成子爸爸的回答很简单：为了进城过好日子。城里倒底是啥样呢？怎么就抢走了他的妈妈呢？每次成子问爸爸时，爸爸总是握着他的小手说：好好学习，考上大学就能变成城里人了。

成子读小学四年级的时候，这个消失已久的妈妈突然给他邮寄了一套棉衣，成子连包装都没拆就仍进冰窟窿里了。成子下了决心要考进大学，要考进城里最好的大学，要成为一个城里人。后来，成子的理想就是考入清华大学，在所有人眼里，成子完全有资格做这样的梦，他从小就学习好，小学、初中永远是学校里的第一名。而成子大伯家的孩子也都考上了不错的大学，用龙爪沟人的话就是，他们家的"种子"好，个个都是好苗子。成子果然又以全镇第一的成绩考入了县里最好的高中。

段明进城打工之后，成子给他写过两封信。成子在信里说，高中的生活一点儿都不开心，同学们知道的东西很多很多，只有他像傻子一样，什么也没听说过，什么也不知道。每次英语课，他一张嘴，同学们就嘲笑他的发音。晚自习要上到很晚，凌晨四点钟他就起来背英语单词，练习标准发音。他一定要把落下的知识补上来。

第二封信，成子说考试成绩下来了，考得很好，已经进入全校前十名了，但他还是一点儿也不开心。除了学习，自己什么也不会。特别是他根本不知道怎么和同学们相处，有时候他也想学着同学们幽默一下，可是话到嘴边又不敢说出口。他没有朋友，甚至没有一个可以说话的人。成子说，每天，他一想到要上课了，就想哭，有时候甚至想死。

成子在高二上半年的时候，就不再给段明写信了，听说成子开始偷偷地喝酒，再后来，成子因为醉酒耍酒疯被学校警告处分。成子的变化，让龙爪沟人很失望，这么好的苗子怎么就喝上大酒了呢？没有人关心成子的精神世界，成子就在酒精里麻醉自己理想破碎的疼痛和那青春期的孤独、迷茫和愤恨。

成子的酒瘾越来越大，常常醉倒在村口的稻草垛里一夜不归。成子把高中的成绩单、考试卷、小时候的奖状撕得粉碎；用铁钉把墙上和炕沿上的"清华"字样划碎；用烟头把仅有的一张妈妈的照片烫得一个窟窿接一个窟窿；还把吸剩的烟头故意扔进他睡过的柴草垛里，小火星子慢慢燃起熊熊大火；他把邻居家里拴马绳子解开，又在马屁股上使劲儿抽上两鞭子，看着马儿惊慌地跑出马圈……成子大伯家的哥哥是心理专家，每次回龙爪沟都会来找成子，可是成子并不肯见他。哥哥本想和奶奶谈谈，奶奶一口咬定，成子身体里有一半的血是那个女骗子的，成子变了，就是因为那一半的血在作怪。

三年前的一个冬天，天非常冷，成子喝完酒，脑出血突然就死了，死在了写满"清华"的炕沿上，死在了这间破旧的屋子里。

成子奶奶想起成子就哭，成子家绝后了！邻居们似乎一下子把成子干过的那些坏事全忘了，都在偷偷议论这个不幸的家庭，

离开成子家的空房子！我的心里除了可怜，还有可悲、可恨。可是，又该去恨谁呢？去哪里恨呢？

更多的人替成子惋惜，这孩子太要强，如果没有考清华那么吓人的理想，如果安于在这土地上种地放牛，怎么会死呢？

成子的爸爸在成子死了以后，失去了进城打工的动力，也回家种地了。冬天没意思，他就到邻村赌博，有时候，一个晚上就把一年的收成全输光了。成子的奶奶在成子走后第二个年头也去世了，这个硬朗的老太太就像提前得到神明的暗示一样，突然整日地把成子挂在嘴边。春天种地时，她多种了些黏玉米，说等玉米熟了，就烀上满满一锅给成子送清华去。

夏天，她把家里的棉被统统拆了重做了一遍，她说，成子是清华大学的大人物了，家里这被都太脏了，要洗洗，不然，大学生回来，会生气的。那些成子小时候用过的东西，她统统清理了一遍，摆放整齐，好像成子没有死，他真真的考入了清华，这个暑假就会回来了一样。

成子奶奶去世那天，段明也在。他说，老太太走得很突然，什么症状也没有，成子爸爸干完活儿回家，发现饭都热好了，老太太躺在炕上一动不动，去叫了几声，发现没气儿了。邻居们来帮忙时，老太太枕头底下的废纸散了一地，几个识字的邻居捡起来看了看，都是成子刚读高中时，写给奶奶的信，信里写满了成子对未来的打算：他要好好学习，考上清华大学，毕了业在城里找一份好工作，就把爸爸和奶奶都接到城里过好日子。

成子奶奶的丧事办完以后，成子的爸爸就走了。他好像是一夜之间"蒸发"了一样。去了哪儿？去干吗？谁也不知道，只留下了这座空房和几亩荒芜的土地。

第四部

浓雾掩埋下的村庄

我在一个炊烟袅袅的清晨离开，龙爪沟的人们像送走自己的孩子一样，把最好的东西给我带上：煮好的笨鸡蛋，早起到山里摘的山里红、山葡萄、圆枣子……他们给我披了厚实的衣服，又在腿上盖了一条厚厚的毯子，然后用他们最方便的交通工具——三轮车送我去客车站。疾驰的三轮车将寒凉的空气撕开，风再一次猛烈地吹过我的耳旁。这个季节，城里的人才刚刚穿上厚丝袜，而龙爪沟已经进入了深秋，万物以萧条的姿态等待着即将来临的寒冬。

　　我坐在回省城的客车上，看着一排排杨树在眼前疾驰而退，突然想起一句话："中国很大，在这个很大的国家里，似乎只有两个地方，一个是城市，一个是农村。中国人很多，在这个十四亿人口的国度里，似乎也只有两种人，一种是城里人，一种是农村人。"

　　一批一批农村人奔涌着进入城市，奔涌着脱下农村人的外衣，换上城里人的衣装。有的人成功了，在城里定居了；有的人

当我还是个孩子，每一个有花开的傍晚，我们都会悄悄溜出去，摘很多花，然后以各种搭配放进土坑里，再用玻璃碎片把花盖好，再埋上土。我们把这个过程叫作"做玻璃花"。等到第二天清晨，把土扒开，玻璃下一排排的小水珠，把花映衬得更加水灵。女孩儿每日做玻璃花，并把它们藏好，男孩儿的乐趣，就是到处扒土，找玻璃花，然后一脚将它们踩碎。失意得意间，女孩儿抹着眼泪在操场上追打男孩儿……

　　日复日，年复年，花还是一季季地开落，但女孩儿却不再做玻璃花，男孩儿也不再扒土寻它。孩子们通通走了，远离了那个开满扫帚梅的乡村。

　　其实很多时候，人的情绪、思念、留恋或者是爱，看似浓烈，却都像那花一样——无处安放！

失败了，他们撕裂了血肉后，又回到了农村，安安分分地留在了土地上。

1

找到李明红的时候，她已经在省城当上了小老板，记忆里那个柔弱温良的打工妹，如今变得十分干练，甚至有些泼辣。李明红开着一辆手动挡的面包车载着我到了她的工作地点——火车站附近。这是物流公司集聚的地方，有人需要人工搬运的时候，李明红的生意就来了。她组织了十几个壮汉，给别人搬家、扛货，每个人每接一个活儿给李明红提取20%的分成。下工以后，李明红开车送工人们回宿舍，她的面包车如同一辆泥坦克，在下过雨的水泥路上，溅起一路水花。

李明红现在算是城里人了，她在城里买了房子，买了车，孩子也一直在城里读书。去年，孩子考进了理工大学，李明红把全家的户口都迁到了省城。

为在城里安家落户，李明红足足奋斗了十五年。

当年，李明红是家里唯一一个考入重点高中的孩子。因为上学的压力过大，得了偏头疼，每天要靠吃"脑清片"才能坚持上课。高考落榜后，她只身一人在通化地区打工。她做过很多工作：给私立幼儿园打扫卫生、在建筑工地做饭、推销洗发水、卫生巾等等。到了婚配年龄，李明红面临着和其他打工妹一样"在城里谁肯娶我，回村里我能嫁谁"的尴尬。高不成低不就，一蹉跎就过了好年华。

二十九岁那年，由于家里逼婚逼得太紧，李明红就从城里回到家乡相亲、结婚、生子。

李明红的表姨房喜荷在省城开了间弹棉花、做被子的店。不论从人手还是资金上考虑，房喜荷都需要一个合伙人。李明红识文断字的，人又勤奋，自然成为最合适的人选。于是，李明红在孩子四岁时，跟房喜荷来到了省城。

我找到李明红的这个中午，她买了二斤肉让厨房给工人们炖上，厨房的掌勺是李明红刚到省城打工时的老邻居——小曾。当年，我一直叫他曾叔叔。

说起当年李明红刚来开店的事，曾叔叔直摇头。

2002年，省城的南部还没有完全开发，黑嘴子附近有一大片平房。一些从农村来打工、做小买卖的人很多都集中在那一带，形成了一个"城中村"。两个女人在那种乱哄哄的地方挣钱，确实是很不容易。有做了被不给钱的，有干完活儿挑毛病的，还有半夜敲门骚扰的。最让她们头疼的是那些工商、税务、电业部门的人。

李明红和房喜荷开的是一家"黑店"，啥手续也没有。"税务"来了，给"税务"买两条烟，"税务"可能一年半载就不会再来了。"工商"来了，再给"工商"做两床被子，说点儿可怜话，"工商"小半年儿也不会再来了。电力部门收电费的人来得次数最多，也最难对付。收电费的小哥第一次来，是让她们把民用电改成商用电。房喜荷和李明红每天挣不了多少钱，每一分成本都要算计，如果把民用电改成商用电，每个月要多交不少钱。

收电费的人第一次来时，二人依然用老办法，给他们做了几床被子，说一些好话算是应付过去了。过了一段时间，负责这个片区的电表员换了，二人又用老办法维持着现状。可这一次，电表员提出了一个更为严重的问题：李明红租的房子是一个棚户区的小院，院里一共有五套小平房，房东把他们分别租给了五家人，原本这五家人和房东都走一个电表，电费大家平摊。但是李明红做被子用电比较多，所以房东让她们安装了子电表，这样每个月的电费就很容易算清楚。老百姓是不允许私自安装子电表的。这个问题的发现，让李明红和房爱荷又损失了两条不错的香烟。没过两个月，抄电表的小伙子又来了，还是私搭电表的旧事，他要求李明红三天后拆除子电表，不然就要罚款。

这件事我依稀还记得。那是2003年，我还在读大三，正在一家媒体做实习记者。我去看望李明红，正赶上李明红坐在炕上生气，她把这事原原本本向我学了一遍。

第二天，我上班的时候，又把这件事原原本本讲给带我的老师。老师是跑公安线的记者，他说，这哪是罚款，罚款是要有单据的，连个凭证都没有的罚款，就是变相勒索。他把单位的录音笔借出来给我带上，并告诉我，等电表员来了，就把录音笔打开，他说的话就都能录进来。

房喜荷并不同意我的计划，她不想在这个陌生的城市惹事，她害怕即使录了音也没有地方说理，而且还会引起对方的报复。电表员再来的时候，她依照惯例给对方塞了五百元钱了事。

可是过了两个月，电表员又打来电话，说自己要结婚了，让房喜荷给他做五套新被褥。五套？李明红简直不敢相信自己的耳朵，谁家结婚用那么多被褥，这无休止的索要让李明红觉得毛骨悚然。

这一次，李明红和房喜荷的意见发生了严重分歧。李明红不打算让这样的人牵着鼻子走，她觉得这种勒索没有尽头。而房喜荷执意不要惹事，毕竟，自己有把柄在人家手里，自己的店面没有办理任何手续。

李明红给我打电话问我有什么办法，我只能向我的老师求助。老师出面，找到电力公司的一个部门主管，把这件事解决了，从此，李明红再也没有因为电的问题而为难过。

2

李明红拉着我从城市的一端穿越到另一端，足足用了一个小时四十分钟。她在一个药店门前停了下来，然后用手一指眼前林立的高楼说："还记得不？这里就是以前的黑嘴子。我刚来这里打工时，这里全都是平房。"李明红指着面前的饭店、银行、高高的居民楼回忆当初的样子。当初，她的隔壁是回收废品的，前屋是卖烧烤的。

李明红进城那年，女儿星宇只有四岁。想孩子，比生活困难更煎熬百倍。每次给女儿打电话，只要星宇在电话那头奶声奶气地叫一声妈妈，李明红的眼泪就唰地流下来，然后是整夜整夜睡

李明红是个善良又坚定的人，话不多，主意正。二舅妈常说她是个"犟眼子"。我一想到她那么瘦小，竟然能"指挥"那么多装卸工人，我的心里就生出了深深的敬意。这是个多么智慧的女人啊！

　　李明红从来不觉得自己有什么智慧，她说，只要能真心对别人，真心关心他们，为他们着想，别怕吃亏，自然就会相处得好。

不着。睡不着的时候，李明红甚至有些后悔，后悔自己太执拗，为啥非要到城里，把那么小的女儿扔在家里。每年春节临近，李明红都掰着手指数日子，想着盼着和女儿团聚。

李明红进城第三年的夏天，她把女儿接到省城过暑假。快开学的时候，星宇死活也不肯离开妈妈回到农村去。李明红打算开学前一周送女儿回去，可是一提回农村，女儿就哭着抱着她的腿不撒手。李明红心软了，又让她在身边住了一周，直到开学的前一天，李明红不得不狠下心，把女儿送回农村。星宇趴在窗子上号啕大哭，鼻涕流下来好长好长，李明红不敢听女儿的哭声，更不敢回头看女儿，她怕这一回头，就失去了离开的勇气。

进城第四年的时候，李明红发现女儿长期和老人在一起生活，性格变化很大，爱哭、任性、没礼貌……李明红心里有些着急，于是，计划着把女儿接到身边来。

收破烂老王家的孩子已经被接到城里上学了，李明红更着急了，每天吃完饭，换上干净衣服到各个学校去打听政策。城里的学校和农村的不同，农村的学校可以随便进出，城里的学校都是封闭的，李明红连老师的影子都看不到，只好每天等着上学和放学的时间，在学校门口和家长们打听学校的情况，再把这些碎片化的信息一一整合。

附近的学校都收择校费，以李明红每年的收入，择校费根本无法承担。后来，有人告诉她，幸福小学不收择校费，很多农民工的孩子都在那里上学。幸福小学离李明红住的地方有些远，换一趟公交车才能到。李明红去幸福小学看了几次，并不满意。幸福小学座落在破败的街边子，学生在一排平房里上课。冬天，教室里没有其他取暖设施，学生们只能靠生炉子取暖，学生的精神面貌和卫生状况都和那些收择校费的学校差得很远。但李明红没有别的选择，要么把孩子丢在农村，由爸爸和奶奶宠着，任由发展，要么带到身边来，在城里的街边子上学。最后，李明红还是下了决心把女儿接来，接受城里的教育。

办理完极为繁琐的入学手续后，星宇正式入学了。每天早上，李明红把早饭做好，等女儿吃完，再把饭盒装好，带上中午吃。天蒙蒙亮，李明红就骑着自行车送星宇上学，等星宇放学，她再骑着自行车把女儿接回她的住处。一次，李明红去学校接星宇放学，走到半路，大雨如瓢泼一般，自行车已经骑不动了，李明红就推着自行车往家走。两个人湿得像落汤鸡一样，星宇哭着求妈妈打车，李明红气汹汹地说："打什么车，坚持一会儿就到了。"水从星宇的头发上流下来，流到脸上，分不清是眼泪还是雨水。如今，每当李明红想起那个雨天，仍然觉得心酸。

幸福小学虽然当时在省城的教育系统里是比较一般的学校，但城市教育和农村山沟的教育仍然有着天壤之别。星宇来的第一周，李明红就发现她的各个科目都跟不上，特别是英语，老师上课讲什么她都听不懂。老师知道她是新来的，也格外关照她，叫她回答问题时，却没想到，刚被点到名字，星宇就哇地一声吓哭了。

请不起家教，也上不起课后班，李明红就买了一块小黑板，每天自己教女儿英语发音和单词。但教一遍不会，教一遍还是不

尽管进城好多年了，李明红装卸队的工人还保持着这个习惯。干活儿或者进屋前，把衣帽脱下，挂在摩托上。

会，接连教了多遍依然不会。李明红的态度越来越不好，她态度越不好星宇越不会，越不会就越不学，李明红急眼了，伸手打了女儿两下，打完女儿，李明红也跟着哭了。

星宇来到城里后，李明红的日子更难过了。冬天，家里没柴烧，李明红领着星宇，带上一把小刀锯，到处捡树枝、板块回家烧。李明红在马路边看到一个很长的大竹竿，马上让星宇帮她扶着，她用锯子把长长的竹竿截成一小段一小段捆成一捆。正当二人要往家走时，路边的小房里突然走出来一个保安模样的人把他们拦住了。原来，李明红锯断的竹竿，是人家专门用来通下水管道的工具。下水管道工人刚把竹竿放好，去趟厕所的工夫，这娘俩就把它截断了。保安把二人带进了一个小屋子里，要她们赔钱。星宇吓哭了，李明红心里也很害怕，就说了谎。李明红说自己在附近饭店打工，一个月才四百块钱，养孩子都养不起。学校里又要交柴生火，所以才到处捡柴。保安模样的人听她那么可怜，答应只罚她二十块钱，并放她回家取钱。后来得知她也是从通化来的老乡，就干脆把她放了，还答应帮助她重新找一份工资高一些的新工作。李明红回家后心里特别难受，这么好的一个人，自己怎么能坑他呢？她把竹竿背回家当柴烧，这丢失工具的责任一定得保安负责了。李明红思前想后，从家里拿了二十块钱，给对方送去了。

李明红住了十年的平房，在城市里捡了十年的破烂和柴火，形成了习惯，只要见到横在路边的树枝、木棍、纸盒，她就会不自觉地去捡。如今，做了小老板的李明红看到这些东西，心里仍然会一颤，就不自觉地踩刹车。每当这个时候，她都会在心里暗暗笑自己："这是坐下病了！"

无论是经济上还是精神上，星宇的进城给李明红造成了极大的压力，也正是这种压力，让生活看起来更加有动力，无论遇到什么困难，李明红必需坚持下去，哪怕是撕裂了血肉，也必需在城市里坚守下去。

幸运的是，2016年，星宇如愿考上了大学，城市对于李明红来说，从此便有了不一样的意义和情感。

3

李明红进城以后，我的母亲李廷梅更是按捺不住了。农村的钱太难挣了，再加上我读大学，弟弟读初中，家里的开销已经远远超过了父亲的工资。母亲李廷梅本来就不甘于命运的安排，她似乎在用一辈子的时间与命运折腾。我很小的时候，村里的人都忙于种地收粮时，镇上来了一个种香菇的技术员，号召大家种香菇，母亲第一个报了名。她虽然文化不高，但她十分相信科学，甚至迷信科学。她在技术员那里买了蘑菇菌，严格按照书上的方法种。当时我和弟弟还小，但为了家里增加点儿收入，也被拖着起早贪黑地干活儿。谁也没有想到，本来说好等蘑菇长好了技术员以高价回收，可是技术员一次也没来过。村子里很多人都种了香菇，本来很金贵的东西，一下子泛滥起来，变得一文不值。李廷梅只好把香菇都晒成了香菇干给亲属们分着吃了。

父亲母亲给予我和弟弟的，除了生命、禀性，还有对爱情坚定的信仰。

母亲不甘心,又开始在电视上学习养小洋鸡。小洋鸡怕冷,只能在室内养。因为家里没有多余的房间,母亲就把它们放在我们睡觉的屋里,她把鸡窝吊在半空中,又做了一个小木梯,供小鸡踩着梯子回窝。平时鸡在地上来回行走,只有到了晚上或者要下蛋的时候,它们才会回到窝里。母亲给每只鸡编上号,并仔细观察它们下蛋的情况,每只鸡下完蛋,她都会把鸡蛋标上号码,并记在本子上。满一个月后,哪些鸡下蛋又大又好,就留下来,哪些鸡产蛋又小又少,就淘汰。后来,母亲听说光照能促进产蛋,于是每天天一放黑,她就赶紧把日光灯打开,把房间照得亮如白昼。产蛋率果然提高了,可是蛋却越来越小,再后来,昼夜忙于产蛋的鸡全都累死了。鸡死了,我和弟弟高兴了好一阵子,终于可以关灯睡觉了,终于可以不用整日担心半空中掉下来鸡蛋或者鸡屎了。

养鸡失败,母亲又开始养牛。小牛犊刚长大,镇子里流行起了牛蹄疫,因为疫情严重,镇里唯一一个黄牛交易市场被镇政府封了。那一年,所有养牛的人都赔了。

母亲不甘心啊,这么大一片土地,怎么就不给她一条活路呢?

一气之下,她就谋划着离开土地,到城里来打工。可是,进城哪那么容易?

我读大二那年,母亲以一种极为强硬的态度离开了家乡,把父亲和还在上初中的弟弟扔在了家里。母亲的理由很简单,一是来省城陪女儿,二是来城里挣钱。父亲一辈子也执拗不过母亲,这一次，仍然是依了她，并且给她借了些钱，支持她来城里和远房亲戚王二秀合伙开缝纫店。

王二秀的店座落在城市边缘的城乡结合部，但对于一辈子都想进城的母亲来说，已经很满足了。她第一次走在城里的柏油路上，如同走在长长的红地毯上，心里甭提多幸福了。道路两旁的灯太美了，那光芒都是七彩的。就连在她身边"嗞"地一声停下来的公交车，都那么温馨而且生动。城市对于她来说，太大太繁华了，即使是这样一个破旧得到处堆满破烂的小杂院，李廷梅也觉得好。她来的第一天，就高兴地在心底默默地说了好几次："我终于来了！我来了就不走了！"

她第一次听到电动缝纫机哒哒哒地响起来，看着那些旧毛衣被还原成羊毛，再被织成毛毯，心情好极了。她在心里暗暗感慨，做了一辈子农民，终于可以做工人了，做工人真好，工人是先锋，是先进生产力的代表，是比农民高级很多很多的阶级，她为自己踏入这个新阶级而自喜。

每天早上，母亲都到街上走一圈，那些城里人不要的东西都那么好。木板，她要捡回来烧火；旧盆子，她捡回来洗洗涮涮；附近大学里，大学生们扔掉的坐垫、旧书，有时候还有一些过时但却很新的衣服，母亲都把它们捡回家。

2008年的秋天，店里的活儿特别少，王二秀要到外地学习新技术，把店面交给了母亲。这一天，附近大学的保洁员杨贵荣给母亲打电话称，有一位出家师父要来省城，普通人供养师父会积德，更能心想事成。杨贵荣有意要把她安排在母亲的店里住，一来，可以给母亲带来好运，二来住在平房里，谁来看望师父都比较方便。

王二秀出门，一铺大炕上就只有母亲一个人，比较孤单。最重要的，女师父来住几天，没准儿这店里的活儿能好些呢！母亲欣然应允。没过几天，女师父真的来了。师父一来，上门看师父的人就络绎不绝。小院子里热闹极了，连房东都来过好几次，让师父给看这看那。母亲这才第一次知道，原来出家人是如此受尊重。母亲越发相信师父的能耐，所以，她把自己的亲朋好友全都通知了一遍。

师父要走的时候，母亲给师父拿了两百元钱，专业术语叫"供养"，母亲觉得还不够，又给女师父做了拜佛用的蒲团以及毛毯。师父在的几天里，每天有人来拜会师父，母亲也没办法干活儿，只能暂时把活儿收下放在那里。

把师父送走后，母亲换上工作服，准备干活儿。这时，她突然发现，装钱的布袋不见了。那是一个灰色的布袋，有两层格子，里面的格子装整钱，外面的格子装零钱。布袋两端是一个松紧带，白天干活时，王二秀就把它套在腰间，晚上，二人数完钱对完账目就把它藏在枕头上方的柜子里。柜子没有锁，里面装的都是破烂，王二秀曾经开完笑说，就算家里进了贼，贼也想不到在这堆破烂里会藏着"宝贝"。王二秀走了以后，母亲收的钱一直没存，都放在布袋里。母亲回忆了一下，最后一次数的时候，里面大约有三千多块钱，再加上这几天的收入，应该接近四千元。母亲一下子懵了。

钱，的确是不见了。母亲躺在炕上发呆，她想不出这钱会去了哪儿，谁能拿走这钱。除了这几夜和她睡在一个炕上的师父知道这堆破烂里有钱之外，没有第二个人知道。可是，师父是出家人，出家人拿人财物是有"大罪"的。再说，邻居和亲友们给师父了那么多钱，她又对师父那么好，那么恭敬！母亲刚刚动了怀疑师父的念头，就劝说自己打住，不要瞎想，诋毁出家人是要遭到报应的。母亲赶紧打消了自己的怀疑。

母亲一夜没睡，第二天就病倒了。

曹大姐来看母亲，发现母亲眼神呆呆的，打不起精神，问怎么了。母亲边哭边说，这个月挣的钱全丢了。母亲详细讲了这几天的细节，但她始终不敢说出自己的怀疑。曹大姐是附近的能人，曾经在一个很不错的单位做小领导，后来不知什么原因下岗了。在母亲心里，曹大姐依然具有领导的睿智和风范。曹大姐听完后很镇定，说："没事儿，我有办法，你安心在家等着。"

曹大姐的心里早已断定那个自称师父的人是个假尼姑，但无论真假她都会去"大庙"。于是，曹大姐打车去了"大庙"。"大庙"座落在人民广场附近，名字叫"般若寺"，但当地人都习惯叫它"大庙"。曹大姐赶到"大庙"时，假尼姑正与"大庙"的人聊天。曹大姐和"大庙"的人都熟识，她看到假尼姑后，马上告诉工作人员，把"大庙"所有的门全部关闭，暂时不让任何人出入。随后，曹大姐拨打110电话报了案。

民警告诉曹大姐，这个案子需要在辖区派出所立案，他们才能来抓人。曹大姐马上通知母亲去南关区派出所报案。很快，两辆警车驶来，将假尼姑抓获。此事引起了当地媒体的关注，当晚"假尼姑行骗事件"就上了省电视台的民生新闻，第二天，《新文化报》《巷报》等各都市媒体也都报道了这件事。

虽然破了案，但母亲并没有挽回自己的损失，假尼姑收到的钱款和偷走的钱款都已不知道去向，至于那些东西，警方也没提起，也没人再问。在很多人眼里，母亲所失去的那些东西，轻贱得完全不值得一提。母亲的精神状态一直不好，想起损失的四千块钱，心里就懊悔。我放假回去看她时，劝了几次，但依然无法排解她心里的自责。王二秀回来的时候，曹大姐和王二秀详细地讲了事情的全过程，言语间不免有一丝轻蔑和嘲讽。母亲打算一人承担这次的损失，王二秀没有同意。但这次损失，对于二人来说确实太大了。曹大姐来家里的次数更多了，她们跟王二秀走得更近些，没事儿的时候，也会拿假尼姑的事调侃。她们并不知道，假尼姑对母亲的伤害并未结束，母亲对此一直耿耿于怀。

没人知道母亲的痛，每次曹大姐来店里，她都觉得她们在嘲笑她，特别是曹大姐和王二秀开怀大笑的时候，母亲就会觉得她们又在编排她什么。或许，她们正鼓励王二秀赶走她呢！

王二秀发现母亲精神恍惚，干完活儿常常忘记关机器。有一次，水开了，母亲去灌暖壶，竟然把一壶开水都倒进了一双棉鞋里。王二秀和母亲大吵了一架，又捎信让我的父亲把她接走。父亲一来，吓了一跳，从前那个神彩弈弈的母亲不见了，眼前人竟瘦得皮包骨，一双眼睛黯淡无光。

父亲把母亲接回了老家，谁也没有告诉我实情，只是说，母亲想弟弟了，要回家看看。一个月左右过去了，在父亲的日夜陪伴和安慰下，母亲才渐渐好转。这一场进城风波，算是过去了，但到底她也没有靠自己的努力进得城来。

十年后，弟弟大学毕业后考上了公务员。我经历了十年波折和努力，也考进了事业编制。随后把父母接到了省城定居。至此，父亲的两块"心病"算是全好了。在父亲心里，只有成为国家的人，只有国家给开工资，一个农村人才算真真正正脱胎换骨了。

那一年，给爷爷烧纸的时候，父亲首先"汇报"了这件事：孩子们都在城里有了稳定工作，成了城里人。他们也跟着进城了。虽然，父亲的进城，似乎晚了三十多年，但终究算是圆了爷爷的遗愿。

4

龙爪沟的人通过各种方式渐渐离开曾经生养过他们的土地，大于两口子却下定决心老死于此。大于一共有三个闺女，老大在通化市打工，出嫁后就不打算再回农村了。老二两口子在牡丹江包了几百亩地，实行机械化种植，一年保守也有几十万的收入。老三在外地读完大学后，嫁到廊坊，并在那里定居了。

三个女儿最知道父母的辛苦，总是劝老两口去城里和他们一起住，却谁也劝不动。大于觉得，男方都是独生子，人家也有老人要养，大于要是住了闺女家，男方的家长怎么办，哪有养娘家

大于总也不说话，你和他说话，他总是冲着你笑，除非你用一些问句。

　　我问："这岁数还能干动农活儿吗？"

　　他答："能。"

　　我问："干到啥时候呀？"

　　他答："干到死呗！"

　　我问："怎么不去姑娘家享福去呢？"

　　他答："不给孩子们添麻烦！"

妈不养婆婆的道理。若是一对小夫妻，养了四个老人，这日子可怎么过？再说，他们老两口还能动，就不去给儿女添麻烦了。上个月，女儿以怀孕没人照顾为由将老两口哄了去，没想到，才住了两个星期，老两口全病了。

大于回忆说：那城里，热乎乎的，到处都是怪味儿，光那汽油味儿，让人走路都觉得晕。人那个多呀，就不用提了。到多晚，天也不黑，路灯成宿成宿亮着，大马路上乱糟糟全是车，一天到晚响个不停。城里人住的那楼房，又高又小，像些鸟笼子一样。大于有时候甚至会可怜这些城里人，挣多少钱有什么用呢？像犯人一样整天被关在监狱里。

那些厨房电器，大于媳妇都不会用，掌握不好火候也控制不了水分。姑爷做饭的时候，大于媳妇趴在卧室的窗子上往楼下看，忽悠一下，差点儿没从床上摔下来，这十二楼也太高了，掉下去，整个人都得摔成泥酱，这样一想，大于媳妇一看到大酱就恶心。自从往下看了这一眼，大于媳妇的心总是发慌，她明明知道掉不下去，但还是不敢走不敢睡。大于去买菜，到超市走一圈，吓了一大跳，那干巴扯叶的菜还标那么高的价。几次去早市，大于都空着手回来。

头一个星期，大于和他媳妇谁也吃不饱，闺女家的电饭锅太小了，每人分一碗大米饭就没了。姑爷和闺女每次盛饭就一碗底儿，老两口也不好意思再盛，三根肠子闲着两根半。闺女家的马桶是让大于两口子最难以接受的，每天早上心急如焚地进去，只要往马桶上一坐，就啥感觉都没了。去了一周，两口子谁也不上厕所，所以每天晚上，大于都会问媳妇："今天你拉了吗？""没有，拉不出来！你呢？"大于无奈地摇摇头。

周末，姑爷张罗着包饺子，一大早就去早市采买，大于媳妇和好面、馅，全家热热闹闹包饺子。饺子煮出来以后，大于媳妇习惯性先盛出一盘，打发姑爷在吃之前先给邻居送去。姑爷目瞪口呆："啥邻居？您认识咱们邻居？"

"那对门的邻居，你们不认识？"大于媳妇很吃惊姑爷的冷漠，住了这么多年，怎么连邻居都不认识呢？要是谁家有个灾有个急啥的，没邻居怎么行？大于媳妇让姑爷去送饺子，姑爷觉得不认不识的，突然送饺子多尴尬。大于媳妇对姑爷这种为人处事很担心，决定自己去帮闺女把邻居处好。当大于媳妇按响了邻居的门铃时，对门果然盘问了好一会儿才把门打开，邻居好像没睡醒的样子，就连他们接饺子的动作，都那么让大于媳妇吃惊，她在对方的眼神里看出了太多疑虑。

下午，对门送来了半个西瓜。渐渐的，大于媳妇和对门果然熟络起来。对门的夫妻四十多岁，没生养孩子。这事大于媳妇一直觉得遗憾，就问了原因。原来，小两口从结婚的那天起，男方就提出了要求，这辈子不要孩子。女方也没有意见，同意了。男方不养孩子主要是因为在他很小的时候，父亲遗弃了他和母亲，很快，他的母亲就去世了，他成了孤儿，从此过上了流浪的生活。在他生活最艰难的时候，他发誓，如果这一生他能有一个家，他一定不要孩子，不让孩子受同样的罪。女方的观点更让大于媳妇吃惊，生了孩子的女人老得快，身体也会走形，生了孩子会滋生很多家庭矛盾，影响两个人的生活质量等等。大于媳妇很难理解这些人的想法，一个家没个孩子，不就断后了吗？现在这城里人怎么能如此自私不负责任呢？连她这没上过学的农村人都知道，不孝有三，无后为大，他们这些读了书的城里人，怎么就不知道这个理儿呢？

大于媳妇彻底病了，头晕目眩、恶心气短。大于说，这病是活活憋出来的，他们都是林子里的鸟，进了城就如同被关在笼子里。不仅是媳妇病了，就连大于自己也觉得气不够用。于是，大于不顾姑娘和姑爷的挽留，带着媳妇回来了。汽车一进龙爪沟的沟门，一周不排便的大于媳妇就憋不住了，大于陪她提前下车，找了一块玉米地就解决了。排完便的大于媳妇和大于并肩走在路上，看着眼前熟悉的草木、庄稼，呼吸着干净又熟悉的空气，俩人的病也都好了。

5

本来，大于两口子是龙爪沟最能干的人。春种秋收的活儿，他家从来干得最早，家里鸡、鸭、鹅、狗、猫、猪、牛，样样不缺。春天，大于媳妇从山菜一出芽就开始跑山，一直跑到六月末，山上一根山菜也没有了才会下山。秋天，核桃、葡萄、梨、李子、圆枣子，啥能卖钱就往家里背啥。

有一次，一棵山葡萄丰收了，大于媳妇一个人硬是把这二百多斤葡萄全摘了，又走了好几里山路，生生把它们全都背了回来。所有人都惊讶，她一个瘦小的干巴老太太到底是怎么背回来的呢？大于媳妇只是憨憨地笑，就是不回答。

盖房子、修墙、刮大白，大于和大于媳妇全都自己干，哪怕是挣了一分钱，都得全部攒起来。对大于家来说，攒钱没啥明确的目的，更不是为了买啥，攒钱仅仅是一种成就感和根深蒂固的生活习惯。当龙爪沟的大多数人每年只能剩五千到一万块钱的时候，大于家每年能剩五万块。谁也不知道大于家有多少钱，但从他的房子，他的衣服，特别是他们吃的饭菜上看，他绝对不是龙爪沟最有钱的富户。如果单从生活水平衡量，大于家完全可以被评为贫穷户，甚至可以享受资助。

回到家，大于两口子立即觉得如鱼得水，神清气爽，家里的一切都很好！赶上中午，大于媳妇点上火，顺手在园子里掰两穗苞米，磋成糊状和在白面里，蒸了一锅两和面馒头，又顺便蒸了十根茄子一碗辣椒酱。馒头出锅后，大于媳妇摘了几个西红柿，切成块，撒上白糖，午餐就算妥了。

大于吃午饭的时候，大女儿大霞从城里回来了，这次回来得突然，也没提前打招呼，大于媳妇估计，她是在工作上又受了气。大霞1983年出生，念完初中后，在家里没什么可干的就进城打工，一直在"集贸"（通化市较大的综合商场）卖家电。大霞长得好，有气质，到了谈朋友的年纪，亲戚们都劝她一定要利用自己的好条件，在城里找一个有工作、有房子的好对象，大霞也铁了心思永远不回来种地，因此，农民自然不在她的选择范围内。

这是一个五十多岁女人的手，一个农村女人的手，大于媳妇的手。她夹着旱烟卷热情地拍着炕沿对我说："快，快来，一起吃点儿！"

　　我背着相机，但是并不好意思举着相机拍人家的饭桌或者是拍那只手。我不知道我的难为情来自何处。

　　我终究还是没忍住，我小心地拿起手机，故作镇定地开着玩笑说："快让我拍一下你的手，还有这一桌子的饭菜。"

　　大于媳妇憨笑着："这有啥拍的，拍了让人笑话哟！"

在大霞的观念里，农村姑娘处一个城里的对象是件很自然的事。农村人怎么啦？大家不都有一份可以谋生的差事吗？谁也不比谁低一等！可是，一到实际的谈婚论嫁，又变成了另一码事！婚姻在现实生活中，就如同一个天平，男女双方必需各有优势，以保持天平的平衡和稳定，只有这天平平了，婚姻才会成立，才可能持久。而大霞的外表优势还不足以弥补她的农民身份、农民家庭和她深深隐藏的那些和城里人并不一样的生活方式及价值观。它们总会在那些小事上、言谈中流露出来，提醒着别人也提醒着大霞，她来自农村，她仅仅是个漂亮的农村人而已。

　　后来，大霞终于还是嫁了。丈夫和她一样，也是在城里打工的农村人，两个人生了孩子以后，根本无法在城里养活孩子，所以直到孩子十三岁，依然寄养在住在镇子里的婆婆家。孩子上小学一年级的时候，大霞给孩子在城里找过学校，就算是最不好的小学，她想进去都很难，而且大霞两口子都上班，接送孩子上学、放学就是个难以解决的问题，城里的孩子都上课外班，那课外班都是按小时收费的，大霞听听收费标准，就举手投降了。从此再也不敢妄想着让孩子进城念书了。

　　这个下午，大于和大于媳妇都没舍得带大霞上山，一家人就在阳光下，把种在园子里的苞米棒子掰下来堆在院子晾晒，那些失去了果实的玉米苞叶，空荡荡地站立在玉米秸秆上，像失去了孩子的母亲一样。这让大霞若有所失。她感觉自己像极了那失了孩子的苞叶，即便是毅然站立在土地上，却早已失去了坚守的理由。

　　大霞是来和父母商量回来的事的，她实在是在城里呆不下去了。一个月挣的钱，除了吃住就只够"人情往份"。

　　一说起这件事，大霞仍心绪难平，大学生开学的那个月，一天的时间，她们随礼就随了一千四百元，两个大学生的升学宴，每人五百，一个朋友家的孩子看眼睛又是二百，一个同事家的老父亲过生日又是二百。大霞当晚吃完喜宴就急眼了，回家抱怨，考上个什么破学校也办答谢，孩子眼睛疼都要通知朋友，这城里的礼份子又大，这日子还怎么过？还不如回农村种地。当然，这些都是气话，不到万不得已，哪一个年轻人还会回去种地呢？自从大霞上小学就没种过地，上完中学她就去打工，再也没摸过农具。现在，怕是连一些庄稼苗都认不准了。她和那些走出去的孩子们一样，早就丧失了种地的技能了，最后，怕是连对这土地原有的感情，也一点点儿淡薄下去，甚至于消失殆尽了。

　　大于媳妇给女儿煮了两个鸭蛋，大霞边吃边嘟囔：孩子渐渐大了，上了初中得有人看着学习，而父母也渐渐上了年纪，孩子们都不在身边也不放心，城里生活挣得不多花得却不少，很难攒下钱，还不如回镇里做点儿小买卖，总算是能维持着生计，又能照顾老小，最关键的是，她在城里活得不开心。城市，像一碗水，而她大霞，无论多努力，都只是碗里的一滴浮油，永远永远也无法消融在这碗水里。

　　大霞在硬邦邦的火炕上睡了一觉，睡得浑身疼，悻悻然订了一张回城的车票，还是走了，就像她从来没回来过一样，刚刚说过的那些话，也仅仅成了一种发泄。她把心头火，泻在这生她养她的大山里，总好过泻在冷冰冰的城里，泻在工作岗位上，那定

在城市里养孩子太费钱了，大于的三姑娘生完孩子，就回了娘家。大于媳妇白天下地干活儿，晚上帮姑娘搭把手看看孩子。若是赶上农闲，大于媳妇不用下地了，就背着孩子串串门、唠唠家常，让姑娘歇歇。

　　从潍坊到通化的路费太贵了，三姑爷一直舍不得路费来看孩子，想孩子了，就在手机视频里看看。大于媳妇没事的时候，就教孩子叫"爸爸""爸爸"。

然会生出什么祸端的。

6

老蒯死了以后，原来打在她身上的棍棒，落在了吴华的身上。

参场的劳力们去参地开荒刨地，赵思还是那个老德行，帮别人家干活儿时，一身的牛劲儿，一个人能顶三个人，而自己家的活儿，手都不伸。吴华一个人要干两份活儿，自己干一份，再替赵思干一份。牲口一样的劳作，并不能换来什么，稍有不顺心，赵思就打她。有一次在参地，赵思追着吴华打，连续打折了两根新镐把。

人们在茶余饭后分析吴华挨打的原因时，一致认为是赵思听了另一个女人——老董婆子的挑唆。老董婆子比赵思大十多岁，丈夫老实巴交，农村话说，十扁担压不出一个屁。赵思总是把自己收拾得干干净净去老董婆子那里，对老董婆子言听计从。每周四，镇里有集，赵思就放下手里的活儿，骑着自行车驮着老董婆子去赶集，一路上二人有说有笑。吴华就在车子后边，走着去集市上卖些果子和菜，换点儿生活费用。

吴华是从来不反抗的，她就那样等着，等着有一天，赵思老了，赵思打累了，也就不打了，不闹了。后来，老董婆子举家搬回了山东，赵思也真就不再打吴华了，再后来，赵思对吴华也越来越依赖，家里的钱以及大事小事，都让吴华管着。

吴华的好日子还没过上一年，老蒯在山东的儿子突然找上门。这个吴华从未谋过面的哥哥，是来接老蒯回山东老家的。风水先生算过了，老蒯生在山东，也得埋在山东，只有老蒯和第一任丈夫合葬，才能庇佑后代。

吴华平时也不信神不信鬼的，但哥哥说得也有道理，再说如果老蒯能埋到风水宝地，对吴华和柱子来说都是好事。就这样，在老蒯死后的第十个年头，她的尸骨被孩子们从龙爪沟送往山东。

吴华护送老蒯去山东的那天，赵思很不乐意。吴华出门，家里就没人做饭了，而且去那么远的地方，还不知道多少天才能回来。老蒯走了，老董婆子也走了，赵思年岁也渐渐大了，他也离不开吴华了。但最终，吴华还是去了。谁也没有想到，吴华和哥哥把老蒯埋进了山东祖坟，一切都办理妥当后，吴华乘坐的小轿车一头撞到大树上，吴华当场就死了。

赵思接到信儿后，根本不敢相信自己的耳朵，那么壮实的媳妇，那么结实的身子骨儿，怎么能说没就没了呢？一棵树怎么就能要了她的命呢？

老蒯的尸骨起走了，起坟的人，浮皮潦草地填了几锹土，原地上仍然留下了不深不浅的坑。吴华的坟，就立在坑边，一凹一凸，十分鲜明。每逢节日，或者干活儿路过的时候，赵思就会踏着老蒯的坟坑，去给吴华的坟上填土，吴华的坟堆，看起来比其他的坟高出半截，土也总是新的。

吴华死后，三十多岁的柱子好像一下子就"尿了"。赵思生

在赵思的房前屋后，总能看到他弯着腰干活儿的样子。其实，赵思看起来是个很普通的农民，一条烫绒的裤子磨得油亮油亮，一件破旧的棉袄总也不换。

　　我常常会想，是什么把一个浓眉大眼的汉子"逼"成了传说中的模样呢？

　　如果老蒯家的悲剧是赵思造成的，那么赵思的一生，又何尝不是悲剧？谁又是这场悲剧的始作俑者呢？

气的时候，操起铁棍子一顿胡抡，柱子仅有招架之力，从来不敢还手，有时候他甚至连正眼看赵思一眼也不敢。至此，赵思的铁棍和拳头，彻底控制了这一家人的命运——

老蒯和棍棒斗了一辈子，最终还是在赵思的棍棒拳脚下离开了；吴华一辈子都在等待命运的改变，可是赵思刚刚不打她了，她就被母亲"带"走了；而柱子，老蒯最疼爱的外孙子，才刚刚立事，就向赵思屈服了。

深秋，龙爪沟的人都忙着秋收了。柱子媳妇带着孩子和柱子上山秋收。晌午，柱子媳妇先回家给全家人做饭。

那一天，阳光很足，晃得人睁不开眼，赵思回家的时候，柱子媳妇正在做饭。赵思看到牛圈的门开了，一只小牛犊跑了出去，便骂骂咧咧地赶牛犊回圈。柱子媳妇出来叫赵思吃饭，赵思看到她更生气了，破口大骂，那难以入耳的言辞活脱脱另一个老蒯再生。

柱子回来的时候，赵思已经和柱子媳妇扭打在一起，柱子媳妇披头散发，胸罩带儿也断了，半只胸裸露在外边。柱子上前拉架，赵思连柱子一起打，两个人的战争瞬间演变成了三个人的。赵思操起墙角的铁棍，柱子儿子看这架式不好，连忙去夺铁棍，赵思一巴掌打在柱子儿子的后背上，顿时，血从孩子的两个鼻吼渗了出来。孩子边哭边去张景林家喊人。

在龙爪沟，除了张景林，没有谁敢来老赵家拉架。张景林拉架的方式很特别，直接参与了战争。这是张景林和赵思相处三十多年来，总结出的经验，只用拳头说话，谁的拳头硬，谁才可以张嘴。

一场战斗结束了，张景林用尽了浑身的力气，回家就瘫软在火炕上。晚上，柱子来张景林家串门，张景林好言相劝："柱子，以后把牛圈门关好，每次牛一跑，你爸就骂你媳妇，骂得太磕碜了，你看看，现在谁家公公还骂儿媳妇，谁家公公还打儿媳妇？"柱子看了看张景林，毫不在乎地回他："没事儿，闲着干啥？打着玩呗！"张景林气得满脸通红，发誓再也不管柱子的事了。

张景林被柱子气得睡不着，想着，这柱子倒底是个啥人？怎么就不知好赖呢？

整个龙爪沟的人都不搭理柱子家，像躲瘟神一样离他们远远的。特别是柱子，他在赵思的铁棍下，暴烈的天性被压抑成一身的戾气。不对，应该是阴气加戾气，比之于暴烈，这种特殊的气息更让人毛骨悚然，因为这是一种似乎与鬼相通的气息，它永远也不会消散，总让你心里阴森森。

那一年，大老刘家养猪创业，刚在外地抓回来五十只特殊品种的小猪羔，准备大干一场，邻居们都来祝贺他。柱子也来了，他斜着眼，到新猪圈里看了一圈，说："你这五十头东西，过不了几天，就得死四十头，不信你等等看，这都是些祸害，非赔掉你裤衩不可。"大老刘气坏了，在家骂了好几天。那一年，大老刘家的猪真的就得了病，打针吃药也仅仅救回来几头。虽然没像柱子说得那样，把裤衩赔上，但几年的积蓄都搭了进去，还欠了一屁股的债务。

很多用泥草建起的老房子都倒了，连个踪影都找不到。后人们回来想找点儿记忆，只能拿着相机对着一堆荒草拍几张照片。

没人怀念老蒯，可她住过的泥草房却偏偏不倒，就像人们忘不了她一样，只要龙爪沟还在，只要龙爪沟的人还活着，老蒯的故事就会流传。

五年前，王大下巴家的女儿嫁到了城里，回龙爪沟办答谢宴，柱子全家都来坐席。一对新人正挨桌敬喜酒、点喜烟，柱子在一旁悻悻地说："破锅自有破锅盖，王八自有王八爱。别看今天好，明天都得做王八，戴绿帽子。"王大下巴的脸当时就气青了。现在提起这事，王大下巴心里还在犯膈应，说，要不是当天是女儿的好日子，非得打得柱子满地找牙不可。

　　柱子，就是喜欢看到别人被他的话噎得满脸通红的样子，他喜欢看到别人气得一句话也说不出来的样子。龙爪沟的十几户人家，几乎每个人都有一片林地，林地人人有，就不显得那么金贵，这林地虽然是自己的，但他们要想砍一棵树，也需要很多手续，而且砍了树，根本也卖不上什么好的价钱。所以，龙爪沟的人，除了每年冬天烧柴会到山上砍一些够粗又不直的树，回家锯成段，再劈成柴，垛成垛，准备过冬用之外，基本也不会上山砍树。而且，在他们心里，总有一种期盼，当年国家号召把林地承包给自己，现在几十年过去了，总有一天，国家会有用场的，只要国家能用上，就一定有赚头，所以，他们都在等一个机会，一个能把满山的树变成钱的机会。

　　柱子家也有一片林地，面积还不小，柱子一身力气，从来也不会缺柴烧，但他从来不砍自己家的树，专门在别人的林地里砍树，专挑那些又粗又直，长得壮实的大树、好树砍。一想到别人看到自己林地里，那棵最宝贝的树不见了踪影后的表情，他就高兴极了。

　　说着说着，张景林和李明娟竟然替柱子担忧起来。就像担忧朋朋和小庄儿一样。早晚有一天，龙爪沟的第二代人会一个一个地离开人世，单靠柱子、朋朋、小庄儿，能撑起龙爪沟的未来吗？

日子一天一天过去，一条宽阔的高速公路在龙爪沟的不远处从天而降，把这个原本封闭的小山沟与城市间的距离一下子缩短了十几倍……公路两侧的山坡地被政府做成了好看的梯田。在土地的问题上，农民决不愿意改变自己土地的原样，政府承诺每亩地每年补贴给农民五百元钱，一共补贴五年，大修梯田一事才得以顺利进行。

笨重的推土机轰隆隆爬上山坡那天，龙爪沟的人就站在一旁观看。

柱子问："修梯田有毛用？"

施工队的人说："修了梯田，以后这山坡上就不用牛或者人种地了，都可以上机械！"

柱子说："扯你爹的蛋！这大铁家伙把长庄稼的黑土都翻到底下，把不长庄稼的黄土翻上来，这庄稼还长个毛啊？这土地早晚被你们这帮混账杂种折腾得不打粮了，你们就等着把人饿死吧！"

施工队的人斜着眼，看了看柱子，用极为不屑的口吻说："你就该受穷！你就该穷死在这山沟里！"

7

施工人员的话，并没有在柱子心里留下什么，却刺痛了张景林，让他想起很多年前进城的那段经历。

那一年，李明红走了以后，李明娟在龙爪沟也待不住了，也想着要出去闯一闯。张景林疼爱妻子，在苦劝无果之后，就和妻子一起去了山东临沂。

二人进城后，直接在校园食堂里租了档口卖麻花。李明娟从小就是个买卖人，草莓熟了卖草莓、青菜下来卖青菜、山货下山卖山货，无论是镇上的人还是沟里的人都信任她，有时候山沟里的农民有啥吃不了的，都求她到街上卖了，只要她出手，没有卖不了的东西。而让李明娟万万没想到的是，在城里卖点儿东西，并不是件容易事，光办手续就要跑断腿，太难办了。她按照卫生、税务、工商等各部门的要求，一步一步进行着，时间一个星期一个星期过去了，二人数算着，每天几十块钱的档口租赁费就像打水漂一样，所以，他们去办各种手续都得小跑着去。

排队、填表、缺手续、工作人员不在、工作人员下班了。一个月过去了，白白拿了租金，手续还没办下来。后来，一个好心人告诉他，有专门办手续的人，花几百块钱，三天就办下来了。李明娟找了"掮客"，果然三天后就可以正常营业了。这是城市给他们的第一个印象：表里不一，桌子上面一套事，桌子下面另一套事，想成事，还得去桌子下面办。

城里的钱确实好挣，但在城里生活两人实在不习惯。张景林在农村那些心灵手巧的优势全然派不上用场。在家里，他什么工具都有，就算自己没有，邻居也会有，在城里没工具也没料，无论多么简单的东西都需要花钱买。他怎么也忍不住的口头禅就是："这破玩意儿还花钱？我在龙爪沟，随便修一个树枝做一个都比这个好用、好看。"每当这个时候，卖五金器材的老板娘都会狠狠地看他一眼，那一眼，是深深的蔑视。这蔑视张景林完完全全解读到了，并且放在了心上。

在山里，他是众星捧月，威望极高。在城里，他渺小得如同鞋里的一粒沙，不仅没用，还有些硌脚。

在城里，张景林一个月挣的钱，和他在山里一年挣的钱差不多。可挣钱的快乐仅仅在第一个月还算明显，他和李明娟月末数钱的时候，心里乐开了花，这城里的钱太好赚了。可是，他渐渐地发现，挣钱并不能让他快乐很久，城里挣钱快，花钱更快。无论在哪里，挣多少钱，也仅仅是维持生活而已。张景林一个人的时候，常常会想，人活着到底是为什么？人应该以怎样的方式活着？他想了很久都没想明白、至少是没想透彻。

从前，张景林太自信了。他以为自己就是一粒种子，是一粒扔到哪里都会发芽的种子，就算他被扔在了水泥路上，只要日子久了，再经历两场春雨，他就能找到一个缝隙扎下根，或许会发出比在龙爪沟更好更油绿的小芽。可是，才在城里待了半年，张景林就知道自己想错了，城里是没有土的，就算是他把全身都长满了小绿芽，也无法在这坚硬的水泥地上扎下根，更无法长成一棵树。

那天，学校放假，学生们都纷纷回家了。张景林也给自己放了个假，换了一身干净的衣服，去街里买碟片。自从进城，他很少这样仔细打量这座城市：高楼林立，人群熙攘。他发现自己

这是我第一次亲历杀猪现场。我赶到的时候，已经是上午十点钟，第一头猪已经变成了猪肉，还冒着热气。张景林很笃定地回答着我的疑问，他说，那热气绝对不是怨气，而是残存的体温。

　　杀第二头猪的时候，人们还未靠近猪圈，猪就开始号叫。上称、绑蹄儿、上案板、洗脖子、放血……这号叫从未停止，直到最后一滴血流尽，直到活生生的一个生命变成冒着热气的猪肉……号叫，并没有改变它丁点儿的命运。

能说得清整个通化县的每一个镇子，能数清自己镇里的每一个村子，甚至那些有点儿名气的村民，他也能说清他们的过往故事。而他在这座城里生活了一年，却并不知道自己在哪一个区，所在的那个学校的名字也总是说错。这一天，他细细地打量了这座城市的某一条街，街上迎面走来的每一个人，黄头发、红头发、绿头发，竟然还有白头发，张景林在心里笑了笑，鼻子里不小心哼了一下。这些怪异的装扮，让他着实欣赏不了。但他也意识到，也许就在此时，正有人也同样用鼻子哼了他。

走到卖碟片的摊位前，张景林被吸引了，他想买一盘轻音乐，这是他的最爱。在龙爪沟时，干完农活儿，妻子去串门了，他一个人关上所有的灯，把音乐放开，一个个音符缓缓流过他干瘪的心，缓缓流过他全身的每一个细胞，当他的视觉在黑暗中失灵时，他整个人就进入了另一个世界，静谧、安详、没有疲倦。

卖碟的老板娘打量了他一下，把那些广场舞、的士高、小品相声等散装碟子扔给他。张景林看了看对方，没作声也没接，径直走到放高档碟片的架子前。"班德瑞的还有别的吗？"老板娘并没有回答张景林的问话，只是低低地说了一声，那些都很贵，不买别动。张景林强忍气愤回头看了看她。终于，他挑了两张碟片：中国古典音乐和班德瑞。

"给我试试。"

"这里全是曲子，没词儿的，你能听？"老板娘接过两张碟片后，直接放回架子上，连看他一眼都没看。

"我就要没歌词儿的！你给我试试！"老板娘的不屑让张景林

很生气，就算是他真的不想听这些，为了治气，他也是要买下来。

　　"这一张一百多块钱呢？拆了封，没有质量问题可不能不要？"老板娘看着他。

　　张景林顿时火冒三丈："妈的，狗眼看人低！"他暗骂着转身到了隔壁音响店，没挑没试也没讲价，花了一百五十元买了两张。不为碟片，只为尊严！

　　对，尊严！这一次，让张景林突然就明白了人为什么活着，人应该以怎样的方式活着，就是这两个字——尊严！

　　虽然，张景林住在小山沟里，但是镇上那几个卖碟片的店都认识他，他不仅是那里的上宾，就连那些小店进货，也要来问问"张哥"想要些什么碟，进货时一起给他进回来。两年的城市生活，让张景林实实在在地认识到，想要顺顺利利地在城市生活，你必须拥有三个要素：身份、单位、关系。这三个要素，是一颗种子在城里发芽的土壤。如果你没有身份、又没有单位、再没有关系，你就永远是一个漂泊者，一颗扎不了根的种子，要么在这个世界的某个角落腐烂，要么成为别人的食物。

　　农民，农民是什么，除去词汇的颜色，中国农民至今还是一个与身份相关的社会等级，种不种地、务不务农、是不是以非农业为生，都不重要，重要的是你的名字叫农民，就算你兜里有钱，也没有任何办法撕掉你身上贫穷、愚昧的标签。

　　张景林似乎明白了，农民的脸面，都长在那块土地上，离开了土地，哪里还有什么脸面可言。张景林庆幸当年进城时，没有像其他人一样，把房子和地都卖了，只要他还有块地，他就能在农村很好地活着。张景林决然地从城市回到了山沟里。两年的城市生活，至少让他明白了一个道理，他的脸，他的命，都在庄稼地里。他离开庄稼地，活不好，也活不了。

8

就在我结束采访的两周后，李明红又回了一次沟里。这一次，不是串门，也不是走亲戚，更没给任何人带礼物。她带了一枚要炸还没有炸的"炸弹"。

她要离婚！

李明红的母亲和婆婆年岁大了，又都是一个人寡居多年。李明红打算把母亲接到城里养老，丈夫打算把婆婆接来养老。接谁不接谁，养谁不养谁呢？二人小争执后，把两个妈一同接到了城里。娘家妈自己有儿子却住在姑娘家，心里总感到理亏，每天总是不得闲地做饭、打扫卫生，有时候还给老亲家洗洗涮涮。婆婆觉着自己是住在儿子家，理所当然心安理得，所以每天坐吃等喝。李明红嘴上不说，心里却生了几分不快。秋收时，婆婆要回农村帮大儿子收地，李明红就买了车票送她回去。秋收结束时，李明红打电话问婆婆啥时候回来，这次来还打算住多久。这一问，婆婆就"炸了庙儿"，电话里质问李明红是个啥意思，说她住在儿子家，想住多久就住多久！他儿子能养老丈母娘，凭什么不能养自己的老妈！

李明红本是无心一问，却遭来婆婆的"炮轰"。这还不算，婆婆竟然变本加利，提出了进一步挤兑条件："我以后不去了，你每年给我交两千块钱的养老费吧！"

正在气头上的李明红"借坡下驴"，顺势答应了婆婆的要求："行！两千太少，我每年给你三千，以后，你就不用再登我的门了！"

本都是话赶话的气话，婆婆哭哭啼啼找儿子评理，一场家庭大战就此引发。丈夫完全站在婆婆一方，要求李明红道歉。李明红越想越委屈，把十几年在城市里打拼的委屈一同倒了出来，并要求丈夫替婆婆给自己道歉。二人互不相让，战火越烧越旺，直到"离婚"两个字从李明红的嘴里蹦了出来。

在城市，没有人关注一个小人物的聚散离合，就算李明红喊破了嗓子，她的声音也无人能听得见。只有在家乡，她是否离婚才可能受到关注，她才可以进行充分的表达。所以，那天一大早，李明红开着新买的小轿车拉着丈夫回龙爪沟评理。

李明红本想找着村长铁军、小队长吴利宇、原场长李建成、大姐李明娟、姐夫张景林、邻居白永军，等等。

可是，当她回到龙爪沟时，她彻底失望了。当年的旧友，一半以上都走了，有威信的老人们没的没、老的老，龙爪沟已经不再是李明红心里的龙爪沟，它早已经失去了原有的理性、威望和力量，它已然在岁月里苍老得如一个昏聩而羸弱的老者，再也无力关注和理会自身之外的一切事情。李明红义愤填膺的评理之行颓然变了味道。

还没等李明红夫妇动身返程，于长龙就赶到了龙爪沟。一年

龙爪沟并不欢迎外来者，因为他们不是来伐木就是来打猎。但是，谁也无法阻挡伐木者和打猎者的脚步。

　　每年冬天一落雪，就会有人带着猎狗和铁夹子，套野鸡、野兔子，甚至是猎取那些野猪。

　　龙爪沟的野猪很多，每年秋天，玉米刚结籽粒，野猪就闻到了人类闻不到的香气，它们寻香而来，把山根儿下的玉米吃个精光，农民们深受其害。他们把鲜艳的衣服或者鲜艳的包装袋挂在玉米地里，吓唬野猪。聪明的野猪很快就会发现这虚张声势的阵式，依然成群结队地来。可是，龙爪沟的人，并不猎杀它们，甚至在秋收的时候，那些土地的边边角角成熟不好的粮食，就留在地里不收了。他们总是说："就留下吧，冬天就会有鸟啊、猪啊，来寻食儿呢！"

多的相处，于长龙已然是半个龙爪沟人了。大家就着夜色，在当院里支起了桌子，边吃煮花生边聊天。

高速公路修好之后，龙爪沟一下子和外部打通了，往日的闭塞感荡然无存，想一想心里都敞亮。于长龙在全国周游了一圈后，思路更加清晰了，虽然流转土地的事情最后还没有谈拢，这会儿，他已经开始像龙爪沟的新主人一样，大模大样地和人们谈起他对未来的规划了。他说："以后啊，咱们把旅游发展起来，咱们家家都盖小洋楼，收拾得干干净净，做民宿。农民以土地入股，做老板，我给你们操盘。孙振全那套兔子、打野鸡的手艺，都别扔了，咱们做个狩猎场，你专门负责养动物，指导游客狩猎。柱子、小庄儿、朋朋也都来入股……未来的农村都得是这个样子啊！农民？以后，哪还有农民？农民早早晚晚是要在这片土地上消失的！"于长龙一副预言家的样子。

李明娟看着于长龙唾沫星子横飞的样子，心里莫名生出反感。她清楚，这于长龙又来给张景林和孙振全"洗脑"了，于龙想要的无非就是龙爪沟的这片土地而已，而张景林、孙振全就是他达到目的的最大"绊脚石"。李明娟煮了苦苦的红菇娘儿水，这东西又撤火，又消炎。此时，在座的人似乎都需要来一点儿这个东西。

张景林喝了一口红菇娘儿水，满脸的不屑："你说的那些，都不属于龙爪沟，你那是祸害龙爪沟呢！我们一辈子都生活在这儿，现在这个样子没什么不好。"在张景林心里，城市就该有城市的样儿，而农村也有它本来该有的面貌。农村，是农民的家园，它不能成为城市人的"玩物"。

于长龙被当头泼了冷水，心里有些恼怒，但表面并看不出什么，只是说话的语气从兴奋变成语重心长："我也是农民出身，我很敬重农民，但说句你们不爱听的话，这个社会的发展，靠农民真不行。你们没事的时候看看动物世界，很有趣的。人性的根本，就是弱肉强食，谁不行，就淘汰谁！"

这话激怒了在座的所有人，让一场闲聊变得火药味十足！

"我一个农民，就想好好种地，把地种好，那才是本分！"孙振全语气强硬。

"靠本分能种好地吗？社会已经发展到什么样了？地里的虫子都发展成超级虫子了，你们还用老方式种地？"于长龙用手里的花生敲击着桌子，情绪也激动了起来。

于长龙的话并不是全无据可依。今年夏天，整个龙爪沟的菜都遭了虫。谁也不认识这种虫子，试了很多药，有的农民连敌敌畏都用上了，还是药不死虫子。最后还是于长龙求助了省城的专家，专家说这是棉铃虫，给开了药方，才保住了整个村子的菜。

张景林一时答不上于长龙的话，但他心里笃定，于长龙设计的未来，和他张景林心里的未来，风马牛不相及。

9

夜渐渐深了，于长龙开着小轿车走了，刺眼的车灯在无边无际的黑夜里穿出了两个幽深的洞。不知道顺着这洞，能通往光明，还是通往更深的黑暗。

龙爪沟的平静，彻底被于长龙打破了。张景林和孙振全有些心烦意乱，谁也睡不着。二人商量着去"小队长"吴利宇家。二人撞开吴利宇的家门时，吴利宇正拿饺子喂家里那条毫无用处的宠物狗。这是一条来自城里的狗，之所以说它毫无用处，是因为无论家里来了什么人，什么动物，这条狗都不咬也不叫，反倒热情地摇着尾巴做欢迎状，这样的狗在农村完全失去了他应有的作用和价值。

"队长"这个称呼随着上世纪八十年代生产队的解体，包产到户的农村改革，已经成为了一个历史名词，吴利宇的准确职务是居民组组长。对于龙爪沟的人来说，叫"队长"是一种习惯，在这种习惯背后，更有着他们对这个"带头人"的诸多期许和隐藏在期许背后的要求。

吴利宇当了九年的"队长"，是张景林和孙振全等全龙爪沟的人用自己手里的选票一票一票"投"出来的。他们巴望着这个老实人，能给龙爪沟带来不一样的天地。

"你说咱这沟里可咋整？"孙振全坐在吴利宇的炕沿上，好像完全失去了往日那些主见，声音低低地自言自语，像是在问吴利宇，更像是问自己。

"其实，于长龙说得也有他的道理。沟里的劳动力真就是年老力衰，思想、眼光、技术，都跟不上时代了。况且这种子、化肥都在涨价，粮食价格却不涨，种地的收入越来越少了。"张景林眼神暗淡。

话题就这样开始了，不需要任何铺垫和解释，吴利宇完全知道张景林和孙振全在说什么，在愁什么，这也正是他每日烦心的事。

　　"我听说富江那边，政府号召种的中草药，今年已经见着效益了。据说，他们都没少挣钱。当年要是听我的，咱们全都跟着一起种，现在也能挣上一笔呢！"吴利宇用脚碰了碰宠物狗，脸上露出深深的遗憾。宠物狗吃饱了，懒洋洋地趴在地上并未理他。

　　"现在，各个村都在想挣钱的道儿道儿。听我妹夫说，他们村种了不少山芝麻。"

　　"你看光华镇里的蓝莓庄园，多火啊！城里人来采摘，八十多块钱一斤啊。采剩下的，人家都做成蓝莓汁和蓝莓酒了。"

　　"这些咱们这儿都能种，而且质量也会不错。"三个人你一言我一语，屋子里的气氛也由压抑变得活跃起来。

　　"还种这种那呢！咱们种了那些东西上哪儿卖去？我听人家说了，人家种的那些玩意儿，还没等种呢，已经说好了买家。"吴利宇媳妇给牲口布完夜草，见三个人谈得起劲儿，也忍不住插嘴。

　　"你个女人家懂什么？头发长见识短！"吴利宇把媳妇训斥一顿。

　　吴利宇媳妇并不恼，笑呵呵地给三个人拿杯子倒热水。

　　是啊，吴利宇媳妇的话直，可是她说得一点儿没错。不论他们要种什么，怎样卖出去是最大的难题。这一点，他们三个人心里都很清楚。

龙爪沟的深夜格外安静，吴利宇媳妇到另一个房间睡下了，只留下三个大老爷们儿在这昏暗的灯下狠狠地吸着烟，那烟火忽明忽暗。

"他们的头脑确实比咱们厉害，钱又冲，样样咱们都比不了！怕是早晚胳膊拧不过大腿啊！再说，有几个富起来的村子，都是这些城里的有钱人帮着带起来的。"孙振全又狠命地吸了两口烟，让刚刚暗淡下来的烟头再次发出火红的光。这话，孙振全早就想说了，但是他不敢说，他担心这话一出口，就动摇了张景林和吴利宇守住这片土地的决心。

也许，他们两个人的心早就动摇了，而且比孙振全动摇得更早，更厉害。

从2015年开始，来龙爪沟谈土地集中流转的商人一拨接一拨，规划一个比一个做得好。

村里每次开会都要大张旗鼓地号召集中流转土地，谋求更好的发展。大伙儿的心也被这些人给搅和乱了，原本很平静的日子似乎飘忽起来，不知道该何去何从。继续种地，还是拿钱离开？他们迷茫，心里有一种隐隐的恐惧。他们祖祖辈辈在土里刨食，一旦离开土地，未来将会怎样？无地可种，他们要去干什么呢？进城打工？他们都老了！对于农民来说，种地，有时候不仅仅是为了种出粮、卖出钱，种地，是一种营生，也是一种心理和情感寄托。就像我们养孩子，你生他、养他、盼望着他出息，自然也希望他孝顺。可是，你生他的时候，就是为了他孝顺你吗？不仅仅是！这是个复杂的伦理问题。土地是农民最基本的保障，是农民最后的精神栖息地，更是农民的命。农民一旦失去了它，最终会怎样呢？

高速公路通车了，龙爪沟离城市的距离一下子近了好几倍。城市像一个巨大的影子，渐渐地压了过来，压得他们透不过气来。

吴利宇沉默了，吴利宇早已经清楚地认识到自己并不能改变或者撑控什么！他只是一个被改变者，一个老实巴交的听命者、承受者，他仅仅是一个农民，普通得不能再普通了。

屋子里一片死寂，连三个人手指里夹着的烟都灭了。

第二天一早，李明红带着满心的失落和迷茫，离开了龙爪沟。

那天，龙爪沟一带起了好大好大的雾，能见度不足五十米。在这样的大雾里，人不仅视野会受到遮蔽，辨识不了方向，连心也会变得迷离、恍惚。

李明娟和张景林拎着两袋子菜，一直把妹妹李明红送到公路边。就在挥手告别的那一瞬，李明红心里突然涌起了无限的忧伤和迷惘——她甚至怀疑，这大雾是不是永远也不会散去了，或者，即使这大雾散去，龙爪沟再也不会是从前的那个龙爪沟了……

2017年12月19日，刘兆寻一家决定要搬离龙爪沟了。这个曾经最坚定的留守者，终究还是要走了。人们对他的离开表示了足够的理解甚至是同情。因为，他二十五岁的儿子死在了龙爪沟，他除了搬家没有其他办法排遣这晚年丧子的痛苦。

　　杀猪聚餐！这是龙爪沟最高级别的仪式了，为了送别，也为了纪念。

　　李明娟家的东西两屋一共摆了五桌，炕上两桌，地上三桌。他们大多不喝酒，默默地吃饭、唠家常，仅有一桌喝酒的，看上去也并不那么热闹。

　　饭，吃到一半的时候，孙振全打来电话，他说，他正在北京上访，不能参加聚餐了，如果这次上访还是没有结果，他就守在北京，不再回来了……

书 评

以小见大　引而不发
——读孙翠翠的报告文学《最后的龙爪沟》

《最后的龙爪沟》：当下农村困境鲜活的文学标本

乡村振兴的文学呼唤
——读《最后的龙爪沟》

以小见大　引而不发

——读孙翠翠的报告文学《最后的龙爪沟》

贺绍俊

《文艺报》原副主编，《小说选刊》主编

沈阳师范学院教授

　　孙翠翠的报告文学《最后的龙爪沟》是一篇以小见大的作品，其一是篇幅小，才七万来字的篇幅，却涵盖了中国农村和中国农民六十余年的生活史；其二是角度小，作者选取了东北一个村子的自然屯龙爪沟作为叙述对象，龙爪沟最繁盛的时期也就一百来户居民，如今仅剩下十九户居民，相对于广袤的农村应该是一个很微小的点了。但作者正是通过这样一个小村庄，剖析了中国农村普遍存在的问题，探讨了当前土地与农民的复杂关系。《最后的龙爪沟》还是一篇在报告文学写作上有独创之处的作品，它既充分发挥了报告文学紧贴现场、记录真相的特点，又吸收了散文自我叙述的优长，而且还慎重地采取了小说情节化的手段，因而使整部作品既具有真实的力量，又不乏文学的感染力。

龙爪沟是孙翠翠的家乡，她从这里走出来，但仍与这里保持着密切联系，亲情和乡情萦绕在心。她选择这里作为采访写作的对象，自然有很多便利之处。作者就从自己回乡进行采访写起，她的采访并不是漫无目的的，而是选择了一个比较重要的节点，即她来采访的时段，正是房地产商于长龙看中了这块地方并要来这里进行土地收购的当口儿，于长龙为了造势，专门组织了一支专家队伍，作者于是跟着这支队伍"回到了阔别二十多年的出生地"。接下来作者的采访自然就沿着历史和现实的两条线索而展开。现实的线索是围绕于长龙收购土地的活动而展开的，历史的线索则是围绕对家乡生活的回忆而展开的。作者正是通过历史与现实的交织，将农村现实中的土地问题置于历史进程中来认识，大大加深了作品的思想厚度。

作品共分四章，第一章是作者对龙爪沟目前仅存的几户人家的采访，第二章重点通过回忆母亲与孙振凯的爱情和婚姻经历，勾勒出龙爪沟在上个世纪六七十年代的艰难，第三章讲述了八九十年代在改革开放思潮下龙爪沟的变化，第四章再一次回到现实。作者始终是以客观叙述的方式呈现事实和场景，不像一些报告文学作家那样总爱在叙述中插入大量的议论，直接表达自己的看法，但作者分明有着明确的看法，而且写作也有着清晰的思路，她的看法不是由自己通过议论直接表达出来，而是通过叙述来引导读者进入她的思路中。第一章从房地产商看中龙爪沟的土地写起，直接面对社会最突出的城乡矛盾。农村在城市化的冲击下日益衰落，首先就体现在农村土地的被侵占上。于长龙想要说服龙爪沟的村民们将自己的土地流转给他，但他在许多人那里碰了钉子。龙爪沟所呈现的问题是当前农村普遍存在的问题：一是大量劳动力外出，二是农业生产入不敷出，土地凋敝。但为什么留在龙爪沟只能勉强维持生计的老人们对土地流转仍然犹疑重重呢？作者并不急于对此作出判断和评论，而是把视线拉向了龙爪沟的历史。随着作者的讲述，我们就会发现，六十多年来，龙爪沟从来就未摆脱贫困的阴影，生活在这里的人最大的愿望就是逃离这片土地。母亲李廷梅以爱情抓住了孙振凯，他们俩组成了家庭继续在这片土地上生活，但未来的生活是多么的艰难。作品进而写到了七八十年代开始的农村改革，虽然龙爪沟恢复了生机，但日子仍然很辛苦，因此作者在这一章用了"命运巨爪下的挣扎"这样沉重的标题，逃离土地仍是农村摆脱贫困的首选。对龙爪沟影响最大的变化则是农民进城的限制越来越少了，连作者的母亲李廷梅也按捺不住要进城去挣钱。但进城的农民并非进城后就能找到幸福的出路，母亲在城里遭遇骗子，辛苦挣下的几千元钱全部被骗走，母亲最终也变得恍惚，不得不返回农村。更重要的是，城市并没有农民真正的位置，他们在这里缺乏尊严。"农民的脸面，都长在那块土地上，离开了土地，哪里还有什么脸面可言。"尽管六十余年中国社会发生了巨大的变化，但龙爪沟的变化却不大，人们与土地的关系是如此的纠结，一方面指望以逃离土地的方式来改变贫困的命运，另一方面又割舍不掉与土地的情感，因为自己的脸面就在这块土地上。作者通过对历史的回顾，把龙爪沟的问题剖析得清清楚楚。六十多年来，中央给农村提供了越来越好的政策，现代化进程也创造了很多有利条件，为什么龙爪沟难以借这些东风彻底翻身？因为农民与土地的关系没有发生根本性的改变，传统的农业生产方式不可能在这块土地上创造更大的财富。随着叙述的层层深入，一个关于未来的看法也清晰了起来：土地流转应该是建设新农村的重要战略，因为通过土地流转，就有可能改变传统的农业生产方式，让现代化在土地上扎下根来。但聪明的作者并不直接站出来发议论。她还是让村里的老人来说话。在与于长龙不断打交道中，龙爪沟的老人们开始动摇了守住这片土地的决心，他们连夜商量起该怎样流转龙爪沟的土地了。

我说这部作品是以小见大，大到对中国农业发展的整体思考。作品通过龙爪沟这个村庄的历史和现状，说明了中国农村根本性的突破就是要从改变传统农业生产方式做起，土地流转为这一突破提供了可能性。但如何有效地进行土地流转，不要使其变质为商人们攫取土地和财富的手段；如何让农民心悦诚服地接受土地流转，并能真正由此而改变命运，这些都是需要我们认真思考的问题。我也很欣赏作者的写作姿态，她尽管对农村有自己的看法，但她并不以真理在握的姿态来写作，而是让事实来说话（要知道，事实是报告文学存在的基础），她以引而不发的方式给读者提供更多思考的机会；她也不下定论，而是将事物的复杂性和多种可能性摆出来，让我们对未来既充满期待又保持清醒。她告诉我们"高速公路通车了，龙爪沟离城市的距离一下子近了好几倍"，这预示着龙爪沟将从贫困中走出来，但她同时又提醒我们："城市像一个巨大影子，渐渐地压了过来，压得他们透不过气来。"这是一种严肃认真的写作姿态。由此我也理解了作者为什么要让作品结束在龙爪沟的一场大雾中。因为大雾里人们一时辨识不了方向，但大雾终究会要散去，龙爪沟的大雾同样如此，我们有理由深信未来的龙爪沟一定阳光灿烂！

《最后的龙爪沟》：当下农村困境鲜活的
文学标本

李朝全

中国作家协会创研部副主任，作家，文学评论家

当下中国农村、中国农民的生存境遇如何，长期以来都是作家和文学界关注的一个重要话题，也催生了一批直面乡村实际的有影响的非虚构纪实性作品，对于帮助人们客观认识"三农"不无裨益。孙翠翠的这部报告文学《最后的龙爪沟》是其中值得特别关注的佳作。作者怀着深切的忧思和内敛的悲悯与心痛，真实地揭开中国北方部分乡村艰困两难的生存困境，客观地反映出城乡二元对立导致人口阶层流动性困难与城乡阻隔，以事实印证了乡村振兴战略的紧迫性、必要性和重要性，以及乡村振兴之难、之繁重。

作者的家乡龙爪沟位处东北偏远山村。改革开放四十

年，给龙爪沟带来了天壤之别的变迁，农村面貌和农民生活状况变化巨大。但是，与更为发达和文明先进的城市相比，这里仍然是落后的，缺乏机会和发展潜力与空间。随着越来越多的人口逃离龙爪沟，这里也渐渐地变成了一座老弱矜寡孤独守护的、日益破败衰落的山村。更有文化更有发展潜力的、年富力强的人口几乎都涌进了省城，到那里去寻找更多的创造财富、享受文明生活的机会。留守在龙爪沟的只有那些与土地割不断联系的老一代农民。进了城的农民努力想跻身新市民阶层，有的通过上大学、经商等路径基本上成功实现了阶层转换，挤进市民社会。而更多的、文化程度相对较低的打工者、体力劳动者群体虽极尽勤俭、刻苦和奋斗，却始终只能漂浮在城市生活的水面上，很难挤进真正的市民社会。他们的子女交不起昂贵的择校费和课外兴趣班的学费，也就很难享有同城市市民相同的起跑线和前途未来。这群年富力强的打工者在城市里生活得并不如意、并不美好，他们中的一些人由于家庭纠纷、子女教育等原因亦曾试图重回农村，然而，他们已注定无法返乡，相对明显落后的农村和更为艰难的生计逼使他们只能再次返回城市，继续在城市的"泥淖"里摸爬滚打。于是，这群试图跻身新市民的农民工便成了尴尬两难的夹心阶层。城市，没有给他们带来美好幸福的生活，也无法许诺给他们一个光明的未来；而乡村，却因为丧失了他们而变得缺乏活力和发展后劲，甚至失去了可持续发展的可能性。正如作者借用村民孙振举的话说："现在沟里的人只出不进，用不上十年，人就得走光。就算我们不进城，老死在这里，孩子们也不会再回这地方了。"这，显然是当下中国部分乡村的真实写照：空心化，"389961"（即父女、老人、儿童）留守群体，日益凋敝艰难的生存环境……

由此，人们不禁要追问：中国的农村会消失吗？中国的农民会消失吗？我们魂牵梦萦的那个乡土中国的家乡、那个保管和记住我们乡愁的地方会消失吗？

中国独特的城市化进程将亿万农民裹挟进城、席卷进城，城市得到了快速发展，这一大批农民的命运也得到了根本的转变。他们有一个特殊的身份：不是城市户籍居民的城市住客。长期以来，他们只是城市的寄居者，他们参与城市的建设，推动城市的发展进步，然而，他们仍旧只是城市的打工者、城市的过客。城乡二元对立，给他们的生存生活带来了种种阻难和障碍。可以说，他们是为城市发展、为中国改革开放作出巨大贡献和牺牲的人群，但他们的正当权益却远未得到有效的、有力的保护和保障。

土地是农民的立命之本、农民的命根子，农民与土地存在着不可割断的联系。失去了土地，农民便丧失了尊严和体面的生存依据。在孙翠翠笔下，许多农民因为进城而将土地转包或出让经营权，渐渐失去土地，似乎是主动地放弃了对土地的依赖。而失地进城的农民并未找到新的可靠的依附或归属。同时，也有一批"老农民"苦苦坚守，捍卫着自己的土地，如张景林夫妇、大于夫妇等。对于城市，他们仿佛有一种天生的拒斥感。而土地却能确保给他们带来自足的、幸福而有尊严的生活。他们相信土地，相信龙爪沟，因此，即便是在受到各种诱惑，如房地产商于长龙携资本觊觎土地妄图从他们的手中"夺走"土地，他们也绝不妥协或退让。他们或许是农村土地的最后一批守卫者，甚至是殉道者。就像坚持不用农药种植有机蔬菜的李明娟，终究竞争不过那些使用种种手段伎俩的不法菜农。农力维艰，生存殊为不易，这批最后的土地守卫者终有一天会死去、会消亡，那么，之后的农村究竟会变成怎样一番模样？未来的乡村还会存在吗？而倘若失去了土地、失去了家乡，那么，广大的农民又该在哪里立足？他们的前途和希望究竟在哪里？

——这，大概也是作者在创作这部作品时一再苦苦地追索和拷问的问题。如今还有父辈留在乡村，有父辈守护着的乡村，就有我们血缘的、地缘的和精神上的故乡。然而，一旦他们远去，故乡还会好吗？农村还会安好吗？农村，农民都是大时代的被改变者，是一群被动的接受者。在时代的巨变面前，他们几乎无能为力、无所作为。字里行间，充溢着作者深刻的关切和问询，浸润着切切的忧思和隐隐的痛心。

孙翠翠的讲述注重对家族谱系和乡村秩序的尊重与追随。她从自己的父亲母亲家族开始入手，逐一触及父辈和同辈乃至自己的晚辈乡亲们的生存处境及命运遭际。农民不是生来就是生活的被动者和苦难的忍受者。父亲孙振凯好容易考上师范学校可以离开农村，却因已订婚的未婚妻在农村，不得不回乡，成为被土地所囚困的一员。母亲李廷梅勇敢地走进城市，参与开办缝纫铺，做得风生水起之时却因"假尼姑事件"而被骗得财务空空，以一个挫败者的身份被父亲接回了农村。表姐夫张景林到城市的大学里经营餐饮，收入可观，却感受不到生存的尊严，最终选择回乡。然而，他们的乡村生活收入有限，远远不及城市，医疗条件落后，为了治病甚至需要自己给自己打针，各项保障匮乏。以宗法和血缘为纽带维系的乡村社会实质上已经崩塌，他们很有可能将成为龙爪沟悲壮得近似悲剧的最后的住民。

更多的农民已经回不去了。大于的女儿大霞苦于城市生活的艰难，打算回乡，却早已无法适应乡村的生活而不得不回到城市。李明红开店，受尽电表员的勒索敲诈，好不容易在城里打拼下自己的一片天地，把女儿接到城里读书，又苦于高昂的择校费，请不起家教、上不起课外班。她艰难地供孩子上了大学，又与丈夫因婆媳关系闹矛盾、打离婚，而决意返回自己最后的收留地——家乡龙爪沟，然而，乡村正在凋散，不适合居留，实在更无可恋。

被困囿于土地的农民注定是艰难的、悲苦的。山东来的老蒯嫁了几任丈夫，或者沦为家暴的受害者，或者变成施暴者，最终死在上门女婿赵思的拳头之下。她之所以终生忍受家暴，只是为了有个依靠、老了后有人养老送终。就连老蒯健壮如牛的女儿吴华，最终也成了丈夫家暴的牺牲品。而他们的孩子柱子年纪轻轻竟已有了一身的戾气和怨恨气，处处与人作对。成子的母亲为了过上好日子，进城去了。成子从小便痛恨母亲，即便学习优秀，也永远都不开心，常常陷于自卑，并慢慢地染上酒瘾，最终死于酒后脑出血。疼爱他的奶奶第二年也死了，父亲失去了进城打工的动力，一夜便赌输了全部家产，然后也"人间蒸发"不知所终，一个家庭就此消亡了。

对于农民而言，城市并不美好；而他们扎根立足的乡村，同样也不美好，甚至更为悲催。他们似乎已变成了时代的弃儿。他们的命运，关系着乡村的命运，也关系着中国的未来。《最后的龙爪沟》不是投向故乡哀婉的最后一瞥，不是一曲献给乡村和农民的悲歌或挽歌，而是一首催人警醒、发人深省的思乡曲、怀乡曲，更是一首呼唤乡村振兴、重整河山的长调。家园将芜胡不归，乡村将败待振兴！空心村、空巢候鸟家庭，可能正在成为中国许多农村的真实写照。以习近平同志为核心的党中央高瞻远瞩、思深虑广，非常及时地提出了乡村振兴战略。这是新时代中国特色社会主义思想的重要组成，也是我们党执政治国兴国的基本方略之一。"小康不小康，关键看老乡。""全面小康，一个都不能少。"——这些掷地有声、铿锵作响的承诺，是一个拥有近百年历史的伟大政党的庄严承诺，也是中国乡村振兴的希望和未来所在。在国家调整转变发展战略，统筹促进城乡协调发展的历史性进程中，我们坚信，一个充满生机与活力、充

满希望和未来的乡村一定会焕现在中国大地上，那个让我们
日思夜想的家乡、乡愁必将永在！

　　《最后的龙爪沟》仿如一声叹息，留下了一帧有价值的
历史存照与时代见证，留下了历史转型期的一段剧痛记忆。
它是当今农村社会调查的一份有效样本，亦将成为国家记忆
和民族历史的一份珍贵记录。

乡村振兴的文学呼唤

——读《最后的龙爪沟》

王必胜

《人民日报》文艺部原副主任，作家，文学评论家

孙翠翠的长篇报告文学《最后的龙爪沟》是一部及时反映农村现实的作品。她以还乡人的视角，描绘故乡东北小山村龙爪沟的平民百姓，在改革开放历史大潮中，生存状态、生活习俗，以至赖以生存的土地家业发生的巨大变化，面对日益精进的现代化进程，农民们憧憬着美好未来，经历着变化的阵痛，五味杂陈，既享受着乡村改革的获得感，也体验着传统习俗"最后的"不忍不舍。作品通过几组人物的经历和不同生活场景，以今昔对比的变化，城乡转换的比较，真实地表现了当今农村特别是欠发达山村的现实面貌，也表现

了在现代化进程中，振兴乡村的迫切性。因此，这部追踪当下农村社会变革，颇接地气的扎实之作，适时地对党中央关于乡村振兴战略进行的一次文学呼应。

农村问题，"三农"战略，是现代化建设的重要一翼，是党中央开年工作的着力点。每年春天，中央一号文件都是部署研究农村工作。在今年全国"两会"上，习近平总书记在山东代表团会议上，就农村现代化提出了"扎扎实实地把振兴乡村战略实施好"的思想。他说："实施乡村振战略，是十九大作出的重大战略部署，是全面建成小康社会、全面建设社会主义现代化强国的重大历史任务，是新时代做好'三农'工作的抓手。"这对文学，特别是纪实性文学，积极参与现实，干预生活，呼应民生，直接为"三农"工作服务、提出了重要的课题。

振兴和发展乡村，经济上翻身，生活上脱贫，是一个艰辛的过程。曾经的龙爪沟，"繁盛时这里有一百多户人家，而现在，仅余下十六户，其中五户人家已经失去了劳动力"。在求生存谋发展中，改革的步履沉重而徐缓。近年来，土地流转，地产商于长龙的许诺，如同水中投进了石子，人们热议也诧异，既希望改变现状，也有疑虑和纠结。"对于农民来说，种地，有时候不仅仅是为了种出粮、卖出钱，种地，是一种营生，也是一种心理和情感寄托。"即便村中达人，在反复的权衡中，在与于长龙的周旋中，向往龙爪沟的美好前景的同时，也不免心存疑虑。所以，封闭偏远山村的龙爪沟，迈向现代化的征程，路迢迢而艰辛。作品中寥寥几个小标题以"囚困""挣扎""掩埋"等字眼儿表述，无疑是对山村摆脱窘困的现实，有隐隐的无奈和忧思。

赶上新时代好时光，龙爪沟迎来振兴的希望。作为乡村发展的大战略，脱贫致富，注重生存环境的提高和改善，更重要的是精神面貌的提升，思想意识的变革。物质生活好转后，精神的追求，改变命运，完善自己，是几代人的期待，也是年轻人的现实目标。尤其是来到城市谋生的人们，在身份认同、文化融入上，最难释然。作品以大量的人物故事和生动场景，描绘了近四十年的改革开放，龙爪沟人的命运得到不同改善，进城打工、当兵求学，等等。然而，走出农门之后，如何适应，也困扰着人们，自我价值能否得到体现，也是这些奋斗者们的难题。龙爪沟深重的农耕文化，族群亲缘，繁复错杂，亲缘扶助，亲情是纽带，像孙、李、张姓三个家庭，他们中有受过高等教育的孙家儿女们，有心灵手巧吃苦耐劳的乡村能人。张景林夫妇结伴到城里卖麻花，多年生意风生水起，却仍然只是个漂泊者，无法扎根，四处碰壁。他们感叹，也许"种地就是农民的宿命"。城乡的差别，永远是个鸿沟，龙爪沟人的现代化只是朴素的城市感觉，只能在淡淡的向往中体味。像入城生活了多年的李明红，也仍然是游走迷离，即便精明的于大霞，也如匆匆过客，难以立足。在城市与家乡，谋生与圆梦的不同端点上，面对"最后的龙爪沟"，人们心情复杂，乡村的振兴，或许为这些漂泊的人们，寻找很好的情感归属。

"最后的龙爪沟"，题旨见作者用心，作者希冀这个小小山村革故鼎新，一切成为"历史"，一切重新开始。作者以七万余言的篇幅，以真实的人物故事和生动细节，描绘了乡亲们——很多是作者的亲戚友人——在生活中的喜忧，行事上的谨慎与放达，个性上善良爱心，以至秉性上的狡黠愚顽，也对渐渐失落的农耕习俗，有着不舍的情怀。亲情拥抱故土，以现代理性思维观照乡梓，是作品弥散的气息。最后，龙爪沟的开发、乡村的振兴没有时间表，作品只是原生态地表现农民们的现实生活情态，乡里人情，世态百味，心灵诉求。这些，从文学表达上，对社会关注"三农"、振兴乡村，有了一个可冲资参考的例证。